# 테헤란 나이트

이란을 사랑한 여자

2013년 4월 20일 초판 1쇄

글 · 사진 정제희

펴낸곳 하다

펴낸이 전미정

디자인 · 편집 남지현

표지 및 작가 사진 한정선

기획 · 교정교열 이동익 방소은

마케팅 조동호

출판등록 2009년 12월 3일 제301-2009-230호

주소 서울 중구 필동 1가 39-1 국제빌딩 607호

전화 070-7090-1177

팩스 02-2275-5327

이메일 go5326@naver.com

홈페이지 www.npplus.co.kr

ISBN 978-89-97170-10-4 03810

정가 14,000원



**일러두기**
이 책의 외래어 표기는 국립국어연구원의 '외래어표기법 및 표기 용례'를 따랐으며,
이란어 표기는 저자의 의도를 반영하였습니다.

이란을 사랑한 여자

차례


## 비터, 이란 가다

## 이란, 차도르를 벗다

쌀롬! 테헤란 18 이란은 아랍이 아닌데요 24 낯선 친구, 테헤란 30

## 이란에 가면 이란법을 따르라

일부다처제, 그리고 코란 38 "거벨 나더레" 45 오! 나의 루싸리 54
제시카 알바를 보았다 66 "아게 테러픽 나버쉐" 75 압구정 날라리? 니여바런 날라리! 88

## 이란을 맛보다

이란 사람들은 뭘 먹고 살지? 100 나를 살린 8할은 눈 104 달콤한 마법, 쉬리니 116
된장녀가 되어도 좋아 123 나의 단골집을 소개합니다 136

## 어느 날 갑자기

소서노가 된 까닭 144 아저씨, 죄송해요 153 두 번의 행운, 두 배의 행복 160

## 테헤란의 이방인은 외롭지 않다

테헤란판 가십걸 170 메흐무니 狂, 싸저드 176
엄친딸 누쉰이 사는 법 181 테헤란 엄마와 서울 딸 192

## 테헤란을 걷다 보면…

우리 동네 작은 공원 202 골목 안에서 더 빛나는 공간 208
쇼퍼홀릭 인 테헤란 216 비터의 보물창고 223

## 코더 허페즈! 테헤란

# 비터, 이란 가다

나는 조금 독특한 아이였다. 또래 아이들은 《잠자는 숲속의 공주》, 《인어공주》, 《신데렐라》의 공주들처럼 긴 금발에 하얀 피부의 여성상을 우상으로 삼았다. 하지만 나는 《알라딘》의 '재스민 공주'를 가장 좋아했다. 술이 멋스럽게 늘어진 마법 양탄자를 타고 세상의 하늘을 누비는 자유로움과, 집에선 애완 호랑이를 사육하는 대범함, 그리고 사랑에 있어서는 누구보다 열정적인 그녀를 정말 좋아했다.

으레 공주들이 입는 화려한 드레스 대신 어깨와 배꼽을 내놓은 인도 전통의상을 입고, 까무잡잡한 모습으로 등장하는 그녀가 왜 그렇게 예뻐 보이든지. 그래서 난 어렸을 때 재스민 공주가 그려진 티셔츠를 가장 좋아했다. 왠지 그러면 그녀와 함께 있는 것 같아 나까지 덩달아 특별한 존재가 되는 것 같았다.

고3, 한창 수능 공부를 마무리할 때쯤 난 난데없이 아랍어와 사랑에 빠졌다. 입시를 준비하던 2004년 故김선일 씨 사건이 연일 뉴스에 보도되면서 중동지역에 대한 관심이 높아졌고 중동 전문가 양성이 시급하다는 뉴스를 귀담아 들었다. 그리고 난 그때부터 중동지역의 언어와 문화에 남들보다 조금 더 관심을 기울였다. 특히 꼬불꼬불 지렁이 모양의 아랍어와 이란어 문자에 매혹되어 인터넷 카페를 전전하며 카페 정모에 참여하기도 하고 인터넷 카페에 게재된 아랍어 문자표를 출력해 자습시간에 공부하다가 선생님께 야단을 맞기도 했다. 수능이 얼마 남지도 않았는데 쓸데없는 걸 본다며 애써 출력한 문자표도 뺏기고 한 시간

동안 교실 뒤에 서서 벌을 받았다. 하지만 그 한 시간 동안 남은 내 인생을 투자할 진로를 확실히 정했다.

그때의 난 막연히 중동의 나라들을 생각하며, 그곳에선 오묘하고 신비한 분위기가 흘러넘칠 거라 상상했다. 지금까지 내가 살아온 세계와는 전혀 다른 언어, 사람 그리고 문화를 간직한 미지의 세계에 매일 새로운 환상을 키워갔다. 때문에 대학도 우리나라에 한 곳뿐인 한국외국어대학교 이란어과에 입학했다. 이유는 단순했다. 아랍어과는 타 대학교에서도 공부할 수 있지만 이란어과가 개설된 학교는 한국외대가 유일했기 때문이다. 또한 이란어과 진학을 준비하다가 이란은 아랍이 아니며, 그들은 페르시아 문명을 기초로 오래전부터 여러 중동의 아랍국가들과 다른 그들만의 독자적인 문화와 언어를 가지고 있었다는 점에서 내 마음을 사로잡았다.

그렇다고 마치 내가 대학생활 내내 이란에 심취한 채 누구보다 이란어를 열심히 공부했다고 하면 큰 오산이다. 나는 내가 이란어 전공자라는 사실이 자랑스럽다. 하지만 그와는 다르게 누군가에게 이란어과라고 선뜻 밝히는 것은 아직까지도 조금 부끄럽다. 학부생 때 학과 공부에 흥미를 잃었기 때문이다. 당연히 이란에 대해 아는 것은 전무했으며 이란어라고 해봤자 수줍게 '쌀롬'이라는 인사말을 할 수 있는 정도였다. 그리고 오히려 내가 과에 누를 끼칠까 걱정스러운 마음에 선뜻 나의 전공을 말할 수 없었다.

그래도 뉴스에서 이란 관련 보도라도 나오면 한 번 더 관심을 갖고 보는 애정이 있었다. 언젠가 주한 이란대사관의 특별초청으로 한국과 이란의 축구경기를 보러 서울월드컵경기장에 갔던 기억이 난다. 주한 이란대사관의 초청이라 그런지 우리는 선수들의 표정까지 알아볼 수 있을 정도로 가깝고 근사한 VIP석에서 경기를 관람할 수 있는 특혜를 누렸다. 그렇게 많은 이란인들을 본 건 처음이었다. 이란인들 사이에서 한국을 응원하지 못하고 한국이 골을 넣었을 때조차 그 기쁨을 속으로 삼켜야 했던 고통이 따랐지만 함께 인사도 나누고 이야기하며 간접적으로 '이란'을 겪어 본 내 첫 이란 경험이다. 그때 내가 처음 배운 이란어는 '마샬라!'였는데, 우리의 '대한민국~ 짜짜짜 짝짝!'과 같은 맥락의 응원구호다.

그 후 나는 선후배들이 다녀온 이란 경험담을 주워들으면서 언젠가 꼭 한 번은 가봐야겠다고 결심했다. 특히 지면으로만 접하던 이란을 김영연 교수님의 생생한 수업을 통해 좀 더 구체적이고 입체적으로 머릿속에 그려볼 수 있게 되었다. 그리고 그때 교수님께 들은 이야기들이 이질적일 것이라고만 생각했던 이란 문화를 그렇지 않다는 쪽으로 나를 끌어당겼다. 그렇게 나는 이란에 끌리기 시작했다. '끌렸다'는 말 외에 당시 나의 감정을 설명할 수 있는 표현은 아쉽게도 없다. 마치 자석의 N극과 S극처럼 끌렸으니 말이다. 자연스럽게 나는 이란'행'에도 끌렸다.

나는 직접 이란을 겪어 보기로 했다. 무작정 책을 펴놓고 독학을 하기 시작했다. 이란인 과외선생님도 구했다. 같은 학교에서 공부하던 이란 친구 '제이납'과 첫 미팅까지 하고 야심차게 이란어 과외를 시작하려 했지만, 그러던 중 전부터 준비해 왔던 곳에 취업이 되어 제대로 과외를 해보지도 못한 채 제이납과는 헤어져야 했다. 하지만 제이납은 내게 예쁜 이란 이름을 선물하며 이란과 나의 연결고리 역할을 해주었다. 내게 어울리는 이름을 지어달라고 부탁하자 제이납은 장고長考 끝에 '비터'라는 이름을 지어줬다. 이란인들은 그들의 이름을 이란식과 아랍식으로 구별하는데 내 이름은 이란식이었다. 비터는 '단 하나의' 혹은 '유일한'이라는 뜻을 가지고 있다. 뜻조차 내 마음에 쏙 들었다. 그때부터 난 비터가 되었다. 마치 태어날 때부터 비터였던 것처럼 그 이름이 낯설지 않았다. 이란 친구들도 그렇게 특이하고 예쁜 이름은 누가 지어줬느냐고 물어볼 정도로 새 이름은 정말 사랑스러웠다. 비유를 하자면 우리나라의 철수와 영희처럼 구수한 느낌의 이름이 아닌 세련된 느낌의 이란 이름이란다. 이제는 '정제희'라는 한국 이름만큼 '비터'라는 이름 역시 익숙하고 정겹다. 그렇게 나는 한국 이름, 영어 이름 다음으로 세 번째 이름을 가지게 되었다.

I'm 비터!

새 이름이 생긴 이유였을까. 날 비터라고 불러줄 친구가 필요했고, 이란에 가보고 싶다는 열망은 더 커져만 갔다. 나는 이태원에 가서 루싸리를 사서 써 보거

나그때 고른 첫 번째 내 루싸리는 대담하게도 호피무늬였던 걸로 기억한다, 이란의 맛을 체험해 보기 위해 이란음식점을 찾아다니게 되었다. 이태원에 위치한 작은 이란음식점아프리카 상점들이 모여 있는 곳에 있다. 아쉽게도 이름은 기억나지 않는다의 사장님과 단 몇 마디라도 대화가 통하는 게 마냥 신기하기만 했다. 그 순간 내 마음속 어딘가에 '그래 가자'라는 생각이 크게 확산되었다. 나는 뭔가에 홀린 듯 회사를 그만두고 '회사원 정제희'에서 '이란 탐험대 비터'로의 순조로운 여정을 준비했다. 준비는 한 달도 채 걸리지 않았다.

국내뉴스에 보도되는 테러, 이슬람, 미국과의 냉랭한 관계, 그에 따른 경제제재 등 이란에 대한 틀에 박힌 이미지 때문에 나 역시 출국 전 많은 걱정을 했던 게 사실이다. 우리 엄마도 '왜 여자애가 그렇게 위험한 데 가서 사서 고생하려고 하냐'는 불만을 숨기지 않으셨다. 심지어 나는 동행할 후배에게 전화를 해 '핵폭탄이 터지면 어떡하지?'라며 어이없는 질문들을 하기도 했다. 그 당시 후배들은 날 극성맞은 언니로 생각해 가기 전부터 제대로 미운 털이 박혔고 나와 함께하는 이란행을 걱정했다고 한다.

이란행 준비를 시작하고 한 달 뒤 출국날짜가 잡혔다. 입학허가와 동시에 시간은 쏜살같이 흘렀고 서울을 떠나기 위해 짐을 꾸리기 시작했다. 이태원에서 사온 내 키만 한 이민가방에 차곡차곡 필요한 짐을 꾸리는데 어느새 가방은 손톱깎기 하나 넣을 틈 없이 빽빽하게 부풀어 올랐다. 다시 짐을 꺼내고 보니 잡동사니가 허다했다. 어학연수 가는데 하이힐은 왜 챙겼을까. 6개월치

화장품들과 멋 부리기 위한 옷가지들만 한가득이었다.

짐을 비워야 할 필요가 있었다. 가방 안을 모두 비우고 다시 꼭 필요한 것과 필요하지 않은 것으로 나누었다. 한 시간의 고민 끝에 이란에서 꼭 필요한 짐만 추려내어 다시 가지런히 담았다. 그렇게 좀 더 가벼운 가방과 함께 가벼운 마음을 갖고 이란으로 떠날 수 있었다. 적당히 비운다는 것의 필요성을 깨달은 순간이었다. 이란행 비행기 안에서 다짐한 것이 하나 있었다. 가벼워진 가방을 생각하며 내 머릿속과 내 마음도 비우자는 것이었다. 새로운 것들을 많이 담아오기 위해선 넘쳐흐르는 생각과 고민을 비워야 할 필요가 있었다.

그래서 이란이 좋았다. 낯설고 새로운 환경 속에서 나는 새롭게 포맷된 '정제희'가 될 수 있었다. 머리 아픈 고민과 생각은 접어두고 내 마음의 소리만 듣기로 했다. 담고 싶은 것만 담고, 버리고 싶은 못난 감정들은 버린 채 한층 더 가벼워져서 돌아오기로 했다. 내 발길이 닿는 대로 내가 하고 싶은 대로 무작정 체험하기로 했다. 그렇게 맞이한 이란은 놀랍게도 평화로웠다.

자랑은 아니지만, 이란에 대해 학문적으로 또는 전문적으로 접근하여 공부를 많이 하지 않은 나에겐 오히려 순수한 이란을 정면으로 바라볼 수 있다는 장점이 있었다. 정치, 인종, 경제, 종교 등 그런 것은 나의 관심사가 아니었다. 여느 관광객들처럼 이란의 필수 관광코스를 둘러보는 것보다는 인간냄새 물씬 풍기는 이란 사람들의 삶을 찾아다니는 것이 더 좋았다. 그저 같은 사람, 같은 청춘의 시간을 공유할 수 있는 이란 사람들의 일상과 삶을 더욱 진하게 느끼며 그들과 동질감을 느끼고 싶었다. 그렇게 나는 외롭지 않을 수 있었고 편견 없는 이란을 만날 수 있었으며, '이란'이라는 또 한 명의 친구를 사귀게 되었다.

이처럼 무작정 떠난 이란행은 나를 다시 돌아보는 계기가 되었고, 더 넓은 세상을 바라 볼 수 있었던 '나에게로의 여행'이었다. 그때의 다짐과 감정, 향수들이 떠오를 때면 참지 못하고 또 다시 이란행을 준비하고 있는 내 모습과 마주한다. 그리고 그 시간들이 머물고 간 내 인생 최고의 순간들이 외롭지 않도록 이렇게 비터로서의 테헤란 이야기를 여기에 가득 담아 본다.

# 이런,

# 처도르를 벗다

"엄마, 나 이란 가서 공부할래."

내가 이란행을 결심하고, 엄마에게 처음 한 말이었다. 그때 엄마는 이렇게 말했다.

"너 미쳤니? 그 위험한 나라를 어찌 가려고?"

그렇다. 엄마에게도 이란은 그저 위험한 나라였다. 우리 엄마에게 이란은 딸이 스무 살이 되자마자 전공으로 삼은 친숙한 나라일 거라 생각했는데. 내 예상과는 조금, 아니 많이 다른 엄마의 반응에 서운한 마음이 들었지만, 엄마 눈에는 아직 마냥 아이처럼 보이실 거라 생각하니 그 마음도 충분히 이해가 되었다. 게다가 이런 취업난 속에 어렵게 들어간 회사를 그만두고 뜬금없이 어학연수를 간다고 하는 것도 마뜩잖은데, 그것도 하필 이란이라니……. 뭐, 그때 대화의 결과가 어떻게 되었는지는 말할 필요가 없게 됐지만.

하지만 예상외의 복병은 오히려 내 지인들이었다. 오히려 주변 사람들이 한마디씩 내게 던지는 말들이 엄마의 만류보다 강력했다. 그때는 이란을 먼저 다녀온 후배들이 던지는 농담에도 한 시간씩은 고민을 했었다.

"핵 터지면 어쩌려고?"

"거기 전쟁하고 있는 나라 아니야?"

벌써 20년 전에 끝난 전쟁이 한창이라 생각하는 사람도 있었고, 일부다처제의 관습으로 인해 이란 남자들이 전부 네 명의 부인을 뒀을 거라고 생각해 부럽다는 사람도 있었다. 심지어 매일 폭탄테러가 터지는 나라라고 아는 사람들도 많았다. 막상 이란을 직접 겪어 보니 이 모든 질문들에 대한 나의 대답은 "No!"였다.

뉴스나 기사에는 온통 이란에 관한 부정적인 정보들이 범람하고 있는 건 사실이다. 나는 그 정보들의 양이나 질이 도를 넘었다고 생각한다. 그중에는 꼭 알아야 할 정보들과 사실fact도 있다. 하지만 극진적인 무슬림의 집단시위 혹은 종교적이고 정치적인 이해관계들이 복잡하게 얽힌 국제면의 기사, 그리고 핵 관련 뉴스들이 끊임없이 쏟아진다. 여기에 지속적으로 노출되는 사람들, 그들은 언젠가부터 순수한 눈으로 한 국가 혹은 특정 종교를 바라보는 것이 불가능해졌다. 물론 그런 뉴스들이 모두 거짓은 아니다. 실제로 벌어지고 있는 중동지역의 현실임은 부인할 수 없다. 하지만 오직 미디어의 단편적인 정보만으로 '이란'이라는 나라의 이미지를 결정짓는 귀납적 오류를 범하게 된 것이다.

꼭 이란뿐만 아니더라도 각종 미디어는 중동지역에 관한 부정적이고 자극적인 뉴스를 뽑아내기에 바빠 보인다. 적어도 내가 보기엔 말이다. 대중은 평범한 이국 사람들의 소소한 이야기보다는, 간통죄로 신체의 일부가 잘려나간 이슬람 여성들의 참혹한 모습을 적나라하게 찍은 사진 혹은 폭탄테러나 납치 기사에 더 큰 관심을 가진다. 이러한 자극적인 보도들은 그 관심들에 의해 더 큰 자극을 재생산해 내기 마련이다. 그런 종류의 보도들로 인해 이슬람을 믿는 선량한 사람들조차 테러리스트로 만들어 버린다. 이런 악순환은 중동국가나 이란에 대한 부정적 인식과 오해를 증폭시킬 수밖에 없다. 나 역시 직접 가서 그들 삶의 한 부분이 되어 보기 전까지 어떤 편견이 있었으니까 말이다.

그렇다고 이란이 100% 안전하냐고 묻는다면 물론 장담할 순 없다. 이란뿐 아니라 자국을 벗어난 타국에서는 스스로 몸을 조심하고 위험한 행동은 삼가야 하는 것이 당연하다. 혹시 앞으로 이란을 방문하게 될지도 모를, 지금 이 글을 읽고 있을 사람들을 위해 조금 겁주는 이야기를 하고 넘어가야 할 듯싶다. 지금은 추억이 되었지만 이란에 있었을 당시 간담 서늘했던 몇 가지의 일화들이 생각난다. 이란에서 폭탄테러의 위험을 간접적으로 경험해 본 일이 그것이다. 더욱 소름 돋게도 우리 기숙사와 아주 가까운 곳에서 벌어진 일이었다. 그날 촉망받던 이란의 핵 과학자 한 명이 차 안에서 즉사했으며 누구의 소행인지, 무엇을 목적으로 저지른 끔찍한 범죄인지 아직도 밝혀지지 않았다. '이스라엘이 그랬다더라', 혹은 '이란 내부의 소행이라더라' 등의 카더라만 무성했다. 이 사건으로 이란의 살아있는 지성집단인 테헤란 대학교에서는 대규모 시위가 벌어지기도 하고, 대자보가 거리 곳곳에 붙었다. 이 사건뿐만 아니라 이란 내에서는 '이스라엘과 미국이 곧 이란의 핵시설을 폭파할 것', '곧 전쟁이 날 것'이라는 소문 역시 끊이질 않았다. 그리고 한 번은 귀가 찢어지도록 큰 굉음이 테헤란 전역에 내려앉았다. 그 사건은 테헤란에서 조금 떨어진 핵연구소에서 발생한 소리로 알려졌다. 이쯤 되면 만만하게 볼 나라가 아님에는 틀림없다. 하지만 내가 무서워할 때마다 이란 친구들은 내게 이렇게 말했다.

"비터! 별일 아니야, 걱정하지마!"

"아니, 이게 별일이 아니라고?"

그러나 진심을 담아 날 안심케 해준 친구들을 보며, 문득 어디든 작고 큰 위험이 있을 텐데 사람 사는 곳이라면 결국 다 이렇지 않을까 싶기도 했다. 100% 안전한 곳도, 100% 위험한 곳도 세상엔 없다. 위험과 안전함이 공존하고 그 정도의 차이가 있을 뿐이다. 그렇게 혼자 심오한(?) 생각에 빠져 있다가 다시 주위를 둘러보았더니 이란생활에 대한 막연한 공포가 차츰 사라지는 것을 느낄 수 있었다.

반세기 넘게 우리나라는 북한과 총구를 겨누며, 철조망을 사이에 두고 동족끼리 대치하고 있다. 최근까지 비상식적인 군사도발로 꽃다운 청춘들이 스러져 간 비극도 있었다. 슬프게도 우리 역시 언젠가부터 이런 비극에 초연한 태도를 가지게 되었다. 이런 우리를 보고 외국인들은 이란에서의 나처럼 "아니 이게 별일이 아니라고?" 할지도 모른다. 그러나 이런 일들이 결코 쉽게 일어나지도, 일어나서도 안 된다는 사실을 우리 스스로 인지하고 있으며 세상 그 누구보다 그 심각성에 대해 잘 알고 있지만, 늘 도사리고 있는 긴장의 세월에 익숙해진 탓이 아닐까. 이란인들 역시 그렇게 살아가고 있는 듯 보인다. 우리처럼 그렇게.

실제로 우리나라를 위험국으로 분류하고 있는 나라도 많다. 그럼 '우리나라가 위험한가?'라며 우리 스스로에게 묻곤 한다. 이란도 마찬가지다. 평화를 사랑하지 않을 이유가 무엇인가? 이란 사람들 역시 평화를 사랑한다. 늘 전쟁이나 핵개발을 외치는 건 이란을 지배하고 있는 소수 고위층의 생각일 뿐이지, 순수하고 유쾌한 이란 국민들은 실제로 전쟁 및 테러와는 거리가 멀다. 그들은 그저 평범한 사람들일 뿐이다.

서울보다 테헤란의 치안이 훨씬 좋아 더 안전하다고 말하면 믿을 수 있을까? 실제로 세계적인 여행안내서 《론리플래닛Lonely Planet》의 서두에도 "이란은 여행하기에 가장 안전한 나라이다"라고 쓰여 있다. 나 역시 비슷한 생각인데, 내가 이런 말을 하면 대부분 믿기 힘들어 하며 신기해한다. 하지만 내 말을 믿든 안 믿든 적어도 내가 느낀 이란의 치안은 서울보다 훨씬 좋았다. 물론 나의 행동반경이 기숙사가 위치한 니여바런이나 흔히 부촌이라 불리는 테헤란의 북쪽 지역인데다, 누가 봐도 겉모습이 외국인이어서인지 그들은 나에게 관대하였다. 오히려 보호받은 기분이 든 것도 사실이다.

하지만 그런 점을 감안하고도 우리나라와 비교해 살인이나 강도, 강간처럼 선진국형 범죄보다는 절도, 소매치기 같은 생계형 범죄가 주를 이룬다. 난 오히려 서울에서 극성스러울 정도로 몸을 사리는 편이다. 낮에 혼자 택시 타는 것도 무서워하고 오피스텔에는 자비를 들여서라도 이중 잠금장치를 달아야 마음이 편한 사람이다. 하지만 테헤란에서는 늦은 새벽에도 혼자 택시를 타고 다니고 이곳저곳을 혼자서 구경하기도 했다. 아니 오히려 즐겼다고 해야 더 정확할 것이다.

이처럼 나에게 이란은 엄마 품처럼 포근한 곳이다. 물론 내가 이란어를 전공했기 때문에 주위에 직접 이란을 경험해본 사람들이 많았고 그들의 이야기를 듣다 보니 애초에 내 머리에는 이란에 대한 부정적 인식이 프로그래밍될 공간이 없었던 것일 수도 있겠다. 결국 사람들이 흔히 알고 있는 이란이 다가 아니라는 것을 말하고 싶다. 꼭 그래야 할 것 같은 사명감도 들었다. 그 이유는 이란에서 만난 내 친구들 때문이다.

자칫 낯선 곳에서 철저하게 방치될 뻔한(?), 이방인이었던 내게 인생의 소중한 가치들을 알려준 많은 이란 친구들이 있었다. 가끔 글을 쓸 때마다 이들의 평범하고 따뜻한 삶에 대해 내가 충분히 설명하거나 표현하지 못하고 있는 것은 아닌지 자책하기도 했다. 그리고 이유 없이 울컥 목이 메기도 한다. 세상 그 누구보다 정 많고 유쾌한 친구들과 다른 이란 사람들이 한낱 테러리스트로 치부되는 경우를 심심치 않게 겪다 보면 난 그저 아쉬워하는 방법밖에 없었다. 그럴 때마다 내 진심이 담긴 글로라도 이들은 당신들이 생각하는 그런 사람들이 아니라고, 이란은 그런 나라가 아니라고 말하고 싶어진다.

## 이란은 아랍이 아닌데요

처음 만난 사람에게 내 소개를 할 때면 대부분 설명이 길어진다. 약간은 특이하고 흔치 않은 나의 전공 때문이다. 난 아직 학생과 직장인 사이의 애매한(?) 신분이지만 그래도 씩씩하게 한국외대 이란어과 출신이라고 밝힌 뒤 본격적인 소개를 시작한다. 사람들이 갖고 있는 이란과 아랍에 대한 생각 때문인지 좀 더 상세하게 설명하게 된다. 물론 낯선 나라의 언어를 공부한 사람을 처음 만나는 상대의 입장도 이해되고, 이란의 특정한 이미지에 대한 반응에도 익숙하다. 하지만 가끔 섭섭한 기분이 드는 것은 어쩔 수 없다. 하지만 그럴 때마다 더욱 성심성의껏 설명하기 위해 스스로 공부하게 되니 일석이조이긴 하다.

가장 흔한 질문은 '아랍어 공부하시느라 힘드시겠어요', '문자가 지렁이 같은 게, 어휴 보기만 해도 어려워요' 등등 언어에 관한 질문이다. 쉽게 말하자면 아랍어와 이란어는 완전 다르다. 이란어 문자는 아랍어 문자를 차용하고 있다. 하지만 이란어는 아랍어에는 없는 3개의 알파벳을 독자적으로 추가하여 사용하고 있으니 아랍어보다 알파벳의 개수가 3개 더 많은 셈이다. 이란에는 아랍어 차용 이전에도 자신들만의 고유언어가 있었기에 문자만 차용했을 뿐 문법, 읽는 법, 표현 등은 완전히 다르다. 물론 이슬람제국의 침입을 받고 이란 전역이 이슬람화되는 과정에서 유입된 아랍어의 영향이 이란어의 전반적인 부분에 걸쳐 나타나지만, 결과적으로 완전히 독자적인 언어를 사용하고 있다.

동아시아 삼국을 떠올리면 더욱 이해가 쉽다. 한국, 중국, 일본은 같은 한자문화권의 국가지만 한국어, 중국어, 일본어는 완전히 다른 언어인 것과 유사하다. 물론 한자를 토대로 만들어진 삼국의 언어에 유사성은 있지만 전혀 다른 독자적인 언어 아닌가! 그렇기 때문에 이란인들도 아랍어를 배우기 쉽지 않을 테고, 아랍어권 사람들 역시 이란어가 쉽지만은 않을 것이다. 물론 좀 더 수월할 순 있겠지만.

대학생 때 아랍어 수업을 들은 적이 있지만, 내 전공이라 그런지 이란어가 좀 더 쉽고 배우기 수월한 언어라고 생각했다. 하지만 그 생각은 얼마 안 가 산산조각이 났다. 고대 페르시아문명을 꽃 피운 이란은, 《천일야화The Arabian Nights' Entertainment》가 전해지고 말을 좋아하는 수다스러운 민족이다 보니 같은 느낌이라도 매우 다양한 표현을 구사한다. 가령 색깔을 표현할 때 '샛노랗다', '누리끼리하다', '노르스름하다' 등 한국인만이 이해할 수 있는 정서의 표현이 많은 한국어처럼, 외국인인 내가 이란인처럼 자유자재로 이란어를 구사하기란 쉽지 않다. 어순이나 문법이 간단한 편이라 적정 수준의 회화를 익히기까지는 그리 어렵지 않지만, 똑같은 말을 할 때도 서너 가지의 동사를 사용하여 표현하는 민족의 언어를 내가 우습게 봤던 것은 후회할 만했다. 긴 역사 속에서 흡사 수다꾼의 기질이 흐르는 민족의 언어를 배우기란 역시 쉽지만은 않았던 것이다.

또 한 가지, 많은 사람들이 오해하고 있는 건 이란인이 아랍인이라고 생각하는 것이다. 이 질문에 대한 대답 역시 '아니다'이다. 이란 사람들은 아리아인이다. 이란이라는 국가명 역시 아리아인들이 모여 사는 나라라는 뜻이다. 그리고 이란에 대한 관심이 조금이라도 있다면 이란 사람들의 피부가 하얀 편이라는 것을 알 수 있다. 오히려 이탈리아나 스페인 사람들과 비슷한 외모다. 이에 반해 아랍인은 약간 까무잡잡하고 곱슬머리인 경우가 많다. 이란인은 아리아인의 혈통이고, 아랍인은 셈족의 혈통이다. 이렇게 본질적으로 민족 자체가 다른 사람들을 단순히 같은 종교를 가졌다는 이유로, 그리고 지리적으로 가깝다는 이유로 '아랍'이라고 묶어 취급하는 경우가 많다. 이 때문에 선조들이 일군 페르시아 문명과 그에 대한 자부심이 대단한 이란인들은 아랍인들과 자신들을 동일시하면 굉장히 불쾌해 한다. 그래서 사업상 만남 중 아랍인으로 이란인들을 대한다거나 그에 관한 실수를 할 경우 비즈니스 관계가 성립되기 어렵다. 반대로 이란에 대한 관심과 그들의 문화에 대해 이야기한다면 이란 파트너와 우호적 관계를 맺기 쉽다. 이란인 친구들 사이에선 '아랍인'이라 부르는 것을 타인을 놀릴 때 사용한다고 하니 어느 정도인지 짐작할 수 있을 것이다.

이란에서 두 시간 남짓 떨어져 있는 두바이Dubai와 아부다비Abu Dhabi만 해도 사람들의 생김새가 확연히 차이가 난다. 하지만 아랍제국의 침입 이후, 아랍민족과 아리아인들이 섞이면서 아랍인과 비슷한 외모를 가진 이란인들도 많다. 인도와 가까운 이란의 남쪽에는 인도인과 비슷한 생김새의 이란인들도 있지만 순수 아리안 혈통, 즉 순수 이란인은 흰 피부를 가진 유럽인의 생김새에 더 가깝다.

그렇다면 '중동, 아랍의 개념은 같은 것 아닌가요?'라는 질문에 대해 생각해 보자. '아랍' 혹은 '아라비아'라는 말은 민족적 개념으로 정의된 단어이고, '중동'이라는 말은 지리적 개념에 가까운 말이다. '아랍' 혹은 '아라비아'는 아랍어를 사용하고 이슬람을 국교로 정한 나라들의 집합체를 의미한다. 따라서 같은 민족이라는 유대감을 토대로 아랍연맹을 만들어 언어적, 정신적으로도 결속되어 끈끈한 관계를 유지하고 있다. 따라서 아랍과 이슬람을 동일한 의미로 사용하는 것은 모순이다. 이슬람은 종교를 뜻한다. 즉 이슬람이면서도 아랍민족이 아닌 경우가 있을 수 있으므로 이 둘을 동일시해서는 안 된다.

'중동'이라는 말은 유럽 사람들의 기준으로 지리적 편의를 위해 만든 단어다. 즉 극동과 근동 사이의 지역을 일컫는 말로 이 일대 다수의 나라들을 묶어서 표현하는 말이다. 정리해 보면 이란은 이슬람국가이며 중동의 한 국가지만, 아랍민족이나 아랍국가는 아닌 셈이다.

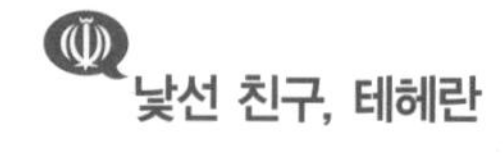


이란은 타국들의 경제제재와 거래제한 조치로 인해 국가 간 송금이 힘들다. 당연히 비자나, 마스터카드 등 신용카드도 사용할 수 없다. 그렇기 때문에 이란 여행 및 체류 시 오로지 현금을 들고 가야 하는 불편함이 있다. 물론 이란 자국의 신용카드나 체크카드는 사용할 수 있지만 외국인은 발급받는 과정이 상당히 까다롭다. 나 역시 이란으로 출국하기 전, 생활하는 동안 필요한 학비와 생활비 일체를 모두 달러로 바꾸어 약 6개월치의 현금을 들고 가야만 했다. 그렇게 큰돈을 가지고 멀리 떠나보기는 처음이라 불안하기만 했다. 비행기 안에서 나는 돈을 몇 다발로 나누어 담은 가방을 품에 꼭 안고 있어야 했고 화장실에 갈 때도 나보다 가방을 먼저 챙겼다. 이란에 도착해서도 기숙사 방 안에 보관하며 그때그때 환전하여 사용했다.

어느 곳을 여행하든지 가장 먼저 준비해야 할 것은 경비를 그 나라의 화폐로 환전하는 일일 것이다. 하지만 이란 리얄IRR은 한국에서 환전할 방법이 없기 때문에 달러나 유로로 바꾸어 가야 한다. 최근 극심한 인플레이션으로 인해 환율이 요동치면서 달러의 가치가 상승하고 있는 바람에 자국 통화인 리얄의 가치는 떨어지고 있다.

테헤란 외곽의 이맘호메이니 국제공항IKA, Imam Khomeini Airport에 도착하면 공항 안 환전소를 찾을 수 있지만 정부에서 책정한 공식 환율로 계산하다 보니 터무니없이 낮은 환율이 적용된다. 그렇기 때문에 공항에서는 최소한의 이동경비만을 환전하는 것이 훨씬 이득이고, 대부분 싸러피개인환전소에서 환전을 한다. 공항 밖으로 나와 아무나 붙잡고 '싸러피!'를 외치면 친절한 이란인들이 안내해 줄 것이다. 달러 대비 이란 리얄의 공식 환율은 매우 낮지만 달러가 귀한 이란에서는 싸러피를 통해 대부분 높은 환율로 환전한다. 개인 환전이 불법이라는 말도 있지만, 나 역시 1년여 동안 이란의 은행에서 환전해본 적은 한 번도 없으니 꽤 일반적인 방법 축에 속하는 편이다. 하지만 길거리에서 먼저 다가와 돈을 환전해 준다고 한다거나 으슥한 골목길로 데려간다면 조심하는 것이 좋다.

2012년 7월까지 달러 대비 환율은 1달러당 1,800투먼toman 정도였다. 쉽게 설명하면 우리 돈 1,800원 정도라고 보면 된다. 하지만 이란의 물가가치를 비교해 보면 1,800원보다는 조금 더 많다고2,000~2,500원 정도 생각하고 사용하면 편하다.

이란의 화폐는 사용할 때 꽤 헛갈리고 그 가치를 가늠해 보기가 어렵다. 이란의 공식적인 화폐단위는 리얄이지만 실제로는 투먼이라는 화폐단위를 더 많이 사용한다. 두 개의 화폐단위를 혼용하기 때문에 이란생활에 익숙해져도 헛갈리는 경우가 많다. 게다가 우리 눈에 기호처럼 보이는 이란 숫자를 사용하기에 그 헛갈림이 배가 되는 경우도 많고, 이란인들이 날려 쓰는 필기체는 내가 봐도 알아보기 힘들다. 그러니 계산할 때는 정신을 똑바로 차리는 편이 좋을 것이다.

이란에 온 지 얼마 되지 않았을 때 혼자 슈퍼를 갔다. 그런데 작은 주스팩 하나에 3만 리얄이라는 가격이 붙어 있었다. '엥? 주스 하나가 3만 리얄? 왜 이렇게 비싸? 이란이 원래 이렇게 물가가

비싼가?' 혼자 오만가지 상상의 나래를 펼치며 주스팩 하나를 만지작거렸다. 그때는 이란어도 잘하지 못할 때라 어떻게 물어봐야 할지 난감했다. 게다가 목이 너무 말랐다. 그때만큼 주스 한 모금이 절실한 적이 없었다. 결국 '그래, 주스 하나 마시고 말지 뭐!'라는 생각으로 당당하게 매대로 갔다. 우물쭈물하고 있으니 내가 가진 돈에서 3,000원 정도만 쓱 가져가는 게 아닌가. 그 주스는 3만 원이 아닌 3,000원이었던 거다. 가격이 리얄로 표기되어 있어 동그라미가 그렇게나 많았던 것이다. 실제로는 투먼을 더 많이 사용하기 때문에 헛갈릴 경우가 많다. 리얄의 1/10 단위가 투먼이다. 대부분 투먼을 단위를 쓰지만 아직 리얄도 많이 쓰이니 혼동하지 말아야 한다.

인플레이션으로 인해 투먼이 등장했고, 이런 경우 대부분의 나라에서는 이전의 화폐단위 대신 새로운 화폐단위를 쓰지만 이란은 이 두 가지 화폐단위를 아직까지 혼용하고 있다. 때문에 가치에 비해 동그라미가 너무 많다 싶으면 우선 물어보는 것이 좋다.

"리얄? 투먼?"

친절한 이란인들이 알아서 계산해 줄 것이다. 그리고 만약 이란 여행을 가게 된다면 간단한 이란 숫자표기방법은 알아두고 가는 게 좋다. 나 역시 처음에는 그림 같은 이란 숫자에 당황한 적이 많았다. 분명 이미 공부하고 갔음에도 불구하고 실제 부딪혀 보면 머리가 멍해질 때도 많았다.

테헤란에서의 첫날, 싸러피에서 환전을 하고 휴대폰을 사러 갔다. 내 휴대폰은 자동로밍이 되지 않았고, 자동로밍이 된다 해도 걸 때와 받을 때 모두 비싼 편이라 엄두도 낼 수 없었다. 난 이란에 오래 머물 생각이었기 때문에 휴대폰을 사는 것이 경제적이었다. 90년대에나 쓸 법한, 이제는 무능력한(?) 노키아 휴대폰을 30,000투먼에 샀고 따로 구매해야 하는 이란셀USIM칩 가격은 15,000투먼 정도였다. 하지만 이것이 끝이 아니다. Pre-paid 개념의 이란 휴대폰은 충전해야만 사용할 수 있기 때문에 이후에 발생하는 충전비용도 고려해야 한다.

최신 휴대폰이라면 기존의 USIM칩을 구입해서 바꿔 사용하면 된다. USIM칩을 산 후 셔르지Pre-paid를 위한 충전를 구입하면 되는데, Pre-paid 방식이 일반적인 이란에서는 슈퍼나 구멍가게, 식료품가게 등에서 어렵지 않게 구입할 수 있다. 2,000투먼, 5,000투먼, 10,000투먼 단위로 충전하며 복권처럼 긁어 나오는 숫자를 휴대폰에 입력하면 된다. * 140 *을 먼저 누른 후 적혀 있는 숫자를 입력하고 #을 오래 누르면 충전이 완료되었다는 표시가 뜰 것이다. 그러면 바로 한국에 전화를 걸 수가 있다.

돈을 리얄로 바꾸고, 한국에 전화를 걸 수 있게 되니, 낯선 도시 테헤란에 점차 적응되었다. 원보다 리얄이, 한국의 010보다 이란 다이얼 번호가 익숙해진 '테헤라너'가 된 것이다.

صرافی جی . سی . ام

تجریش

# 이란에 가면
# 이란법을 따르라

## 일부다처제, 그리고 코란

이란으로 떠나기 전에 굉장히 궁금했던 것들이 있었다. 내가 20대 청춘인지라 이란인들의 연애와 청춘남녀들의 데이트 방식이 궁금하기도 했고, 또한 그들의 결혼문화는 어떤지 그리고 이슬람권의 일부다처제코란에 근거하면 네 명까지 아내로 맞이할 수 있다에 대해서도 궁금한 것이 많았다.

마침 이란에서 내게 이란어 과외를 해준 학교 친구 '쎄터레'가 결혼을 앞두고 있었고 고맙게도 자신의 결혼식에 나를 선뜻 초대해 주었지만 한국으로 돌아오는 시기와 겹쳐 참석하지 못한 것이 상당히 아쉬웠다. 쎄터레는 자신의 예비 시부모님의 집에서 함께 살고 있었는데 몇 가지 불편한 점들 중에서도 고부갈등에 대해 이야기해 주었다. 한국에만 있을 거라 생각했던 고부갈등의 팽팽한 구도에서 나오는 이야기들을 들으니 왠지 이란이 더욱 친숙하게 느껴졌다. 그래서인지 쎄터레와 한참을 웃으며 한국과 이란의 고부갈등에 대한 이야기를 나눈 기억이 나는데, 대부분 이야기는 한국에서 내가 들었던 것들과 비슷했다. 아들을 빼앗겼다고 생각하는 시어머님의 사소한 질투에서 비롯되는 얘기들로 시간 가는 줄 모르고 쎄터레와 수다를 떨었다. 세터레의 결론은 "시어머니와 최대한 멀리서 살아라"였다. 그게 정말 웃겨 계속 키득키득댔다.

그런데 이번에는 내 친구 써레가 약혼을 한다는 소식이 들려오는 것이 아닌가! 써레는 90년생으로 나보다 어리지만 나의 결혼선배가 되는 것이다. 나는 써레의 약혼식에 참석해 아름다운 신부의 모습을 직접 보고 축하해 주고 싶었고 이란의 결혼식 문화를 경험해 보고 싶었다. 써레가 아직 어리기 때문에 결혼식 전에 약혼을 하고 써레는 공부를, 약혼자인 알리는 좀 더 일한 후에 결혼하기로 집안끼리 합의를 해 약혼식을 먼저 올린다고 했다. 이란에서는 약혼이 흔한 편은 아니지만 어린 나이에 결혼을 하는 경우에는 약혼식을 먼저 하는 경우가 있다고 했다. 알리 역시 써레와 동갑이었는데, 남자치곤 상당히 일찍 결혼하는 편이다. 두 집안이 여유가 있는 경우라면 이처럼 일찍 결혼하기도 한단다. 최근에는 이란 청년들 역시 대부분 대학교에 진학하고 취업하기 때문에 예전보다 결혼 연령이 늦춰진 편이다. 이런 사회의 변화 역시 점점 결혼 연령이 늦춰지고 있는 한국과 매우 유사하다.

그런데 내가 이란을 떠나온 지 한 달이 채 되지 않았는데, 그 사이에 약혼식을 올린다는 써레의 말이 진짠지 거짓말인지 도통 실감이 나지 않았다. 분명 한 달 전만 해도 각자 이상형을 이야기하며 서로 미래의 남편감을 궁금해 했는데, 이리도 빨리 인생의 반쪽을 찾았다니! 나로서는 그 짧은 시간에 평생을 함께할 반려

자를 확신할 수 있을까 궁금하기도 했다.

써레 엄마가 페이스북을 통해 써레와 약혼자 알리의 아그드 사진을 올렸고, 행복해 보이는 두 사람을 보고서야 써레의 약혼 소식을 믿을 수가 있었다. 아그드는 우리의 폐백에 해당하는데 무슬림식으로 그들의 사랑에 대해 맹세하고, 가족들이 행복을 빌어주는 시간이다. 특히 아그드에는 거울, 초, 꽃, 금, 꿀 등으로 화려한 상차림을 해 신랑·신부의 행복을 빈다.

나는 써레의 약혼식에 참석하기 위해 최대한 일찍 이란행을 준비했지만 아쉽게도 참여할 수 없었다. 약혼식 바로 다음 날에 이란에 도착한 것이다. 너무나 안타까운 마음을 달래기 위해 난 도착하자마자 써레네 집으로 달려갔다. 조금 늦었지만 써레네 가족을 만나 정성스럽게 한국에서 준비해 간 약혼선물을 전하고 써레와 이야기를 나누었다. 그렇게 진심으로 행복해 보이는 써레의 얼굴을 보는 것으로 아쉬운 마음을 달랠 수 있었다. 써레 식구들은 바로 전날의 약혼식에 대한 흥분과 설렘을 고스란히 간직한 채 나에게 약혼식 사진을 보여주며, 그날의 못 다한 에피소드들을 들려주었다.

써레는 그새 더 고와졌다. 참한 새색시가 되어 말부터 행동까지 더 조심하는 것이 느껴졌다. 더욱이 인기 많던 써레가 이런 팔불출일지 몰랐는데, 그날따라 내게 알리의 자랑을 하기에 정신이 없었다. 그리고선 나한테도 빨리 결혼하라고 하는 것이 아닌가!

이란에서는 자유연애도 많이 하고 집안끼리의 친분 혹은 소개로 결혼하기도 하는데, 이란 남성들은 소위 헌팅으로 마음에 드는 여자친구를 찾기도 한다. 하지만 아직까지는 후자가 더 많은 편인 듯하다. 적어도 결혼에 있어서는! 쎄레 역시 집안끼리의 친분으로 서로의 아들, 딸을 소개해 혼인까지 이르게 된 경우다. 신기한 것은 쎄레와 알리가 서로 처음 보는 순간부터 마음에 들어 사랑에 빠지게 되었고, 짧은 시간에 서로를 평생 배필로 정했다는 것이다. 집안끼리의 친분을 바탕으로 좀 더 책임감 있고 신

실한 만남을 가질 수 있다는 장점이 있다고 했다. 그들의 러브스토리를 듣고 있자니 써레와 알리가 정말 부러웠다.

사실 써레는 니여바런에서 인기 많기로 소문난 아가씨였다. 좋은 집안에서 착실하게 자란 이 매력적인 아가씨는 영어와 이탈리아어에 능통하고 독실한 믿음을 가진 무슬림 아가씨이기도 하다. 멋 부리는 것을 좋아하지만 종교에 대해서 자신만의 강한 믿음과 철칙을 가지고 있는 모습이 그녀를 더욱 예뻐 보이게 한다. 그런 인기녀 써레를 아내로 맞은 알리는 전생에 나라를 구한 것이 틀림없는 행운남이다.

2011년 여름, 12대 이맘Imam의 탄생일에 써레네 가족들과 함께 '람싸르Ramsar'라는 곳으로 여름휴가를 갔다. 그때 써레의 약혼자 알리를 처음 보았다. 큰 키의 훈남이었던 알리는 아주 장난꾸러기였다. 써레에게 매일 혼나면서도 나를 놀리지만, 넉살 좋게 농담하면서 분위기를 이끄는 인심 좋은 남자다. 그래서인지 써레를 그에게 맡기는 내 마음이 놓였다. 휴가 중 써레의 외할머니를 만나기도 했다. 여자들끼리 모인 자리라 결혼에 관한 이야기를 많이 나누었는데, 이란도 한국의 보편적인 경우처럼 남자가 집을 해오고 여자가 혼수를 해가는 식이란다. 슬프게도 이란 역시 높은 줄 모르고 치솟는 집값으로 인해서 부모님의 도움 없이 스스로 결혼하는 것은 힘들다고 한다. 그래서 점점 결혼하는 남녀가 독립적인 가정을 꾸리는 것이 더욱 힘들어지고, 양쪽 부모님들의 기대에 부응하기 위해 더 노력할 수밖에 없다는 얘기가 오갔다. 알리 역시 처갓집의 휴일행사에 참석해 온갖 허드렛일을 다 하고 장모님과 장인어른의 사랑을 받기 위해 분주하게 움직였다. 써레의 흘김 한 번, 잔소리 한 번에 모든 일을 도맡아 하는 팔불출 남편이었다. 그가 그럴 수밖에 없는 이유를 이란의 현실에 빗대어 생각하니 어느 정도 이해할 수 있었다.

이란 여성들은(적어도 내가 겪어 봤을 때) 기가 센 편이다. 남성들에 고분고분 순종하는 그런 무슬림 여인들이라고 생각하면 큰코다칠 수 있다. 대부분의 가정에서도 자기 목소리를 내고, 사회생활을 하며 집안일을 하는 여성들이 많다. 실제로 난 만나는 부부마다 일부다처제에 대해서 질문을 했는데, 돌아오는 것은 한결같이 '아니다'라는 대답이었다.

물론 《코란Koran》에 한 명의 남성이 네 명의 부인까지 둘 수 있다는 구절이 있고, 그로 인해 실제로 여러 명의 부인을 둔 경우가 있긴 하지만 현대에서는 거의 찾아볼 수 없다. 특히 다른 아랍국가와 이란의 경우는 더욱 다르다. 《코란》이 쓰일 당시 빈번한 전쟁, 자연재해, 기아로 인해 남편을 잃은 미망인들이 많이 생겼고 그들의 삶을 보호하기 위한 수단으로 일부다처제가 발달한 것이다. 하지만 현대인들이 간과하고 있는 부분이 있다. 그 구절은 남자로서 네 명의 부인 모두에게 동일한 마음과 동일한 경제적 지원을 배분할 수 있어야 한다는 것인데, 사람의 마음을 어떻게 정확히 4등분하고 어찌 재산을 4등분으로 고루 나눌 수 있겠는가. 인간이라면 가능하지 않은, 가능하더라도 매우 힘든 일임에 분명하다. 그렇기 때문에 일부다처제는 오래된 옛날의 관습으로 남았고, 지금 그 체제 하에 살아가는 남녀는 지극히 드물다.

이란 남자들이 흔히 하는 말이 있다. "신도 하나고, 여인도 하나다"라는 말이다. 여자가 듣기에 꽤 달콤한 말일 수밖에 없다. 이란 남녀도 한국의 남녀와 마찬가지로 멋진 배우자를 기다린다. 그리고 평생 서로를 바라보면서 행복한 가정을 꾸리기를 바라고 언젠가 만날 단 한 명의 배우자를 기다리며 살아간다.

정리하자면, 이란엔 일부다처제가 있지만 이름만 남은 '죽은 문화'에 불과하다. 그들도 연애를 하며, 결혼을 하고 평생의 사랑을 기다린다.

## "거벨 나더레"

이를테면, 세상에서 가장 친절한 민족을 뽑는 대회가 열렸다. 대회의 결과는 어떻게 되었을까? 보나마나 대상은 이란인들이 가져갈 거라고 나는 확신한다. 물론 내가 전 세계 사람들을 모두 만나본 것은 아니지만, 그만큼 일말의 고민도 필요 없이 이란인들은 '대체로' 친절하다. 그러니까 친절이 몸에 밴 사람들이라고 할 수 있다. 뭐, 어딜 가나 그렇지 않은 사람도 있기 마련이고, 늘 조심해야 할 필요는 있겠지만 친절의 평균치(?)가 매우 높은 민족이라는 건 틀림이 없다.

그래서 나는 사람들에게 이란 여행을 추천한다. 아직 이란 여행을 생소하고 낯설게 느끼는 사람들이 많지만 이란은 생각보다 여행하기 좋은 나라다. 물론 곳곳에 오랜 역사와 고대문명에서 파생된 뛰어난 볼거리도 많지만, 특히 여행자를 환대하는 이란 사람들의 문화를 생각한다면 낯선 이란 땅에서 그들과 만나는 것 자체가 통속적인 유적지 관광보다 매력적으로 다가올 수 있다. 이란 여행을 가게 된다면 우연히 만나게 된 이란인들과도 금방 친구가 될 것이고 다른 나라에서 느껴보지 못할 환대와 따뜻

한 정을 느낄 수 있다. 어딜 가나 인심 좋은 시골집에 온 것처럼 푸근한 마음을 느끼고 돌아올 수 있다. 운이 좋아 맘씨 좋은 이란인들의 집에 초대를 받거나 친해진다면 잊지 못할 기억을 덤으로 가져올 수 있다.

나 역시 이란인들의 따뜻한 마음씨를 직접 느낀 적이 있었다. '타브리즈Tabriz'라는 도시에서 테헤란으로 돌아오던 비행기였다. 새벽 비행기라 승객 대부분이 피곤한 상태였고, 기내 안도 소등된 상태였다. 이때 정적을 깨운 이들이 있었다. 굉장히 사랑스러운 세쌍둥이가 동시에 우렁찬 울음을 터트린 것이다. 아무리 내가 아기를 좋아한다지만, 피곤할 대로 피곤한 상태에서 세쌍둥이가 만들어 내는 앙상블은 가히 짜증스러웠다고밖에 표현할 방법이 없다. 그러나 이게 웬 걸. 그 상황에서 잔뜩 얼굴을 찌푸리고 있는 건 나뿐이었다. 기내의 조명이 켜지자 주변의 승객들이 그때만큼은 아빠, 엄마, 이모, 삼촌, 할머니 혹은 할아버지로 빙의해 세쌍둥이를 달래기 시작했다. 스튜어디스들 역시 세쌍둥이 달래기에 여념이 없었다. 그런데 여기서 더 웃긴 광경이 벌어졌다. 아이 달래기에 진이 빠졌을 세쌍둥이의 '진짜' 아빠가 기내 앞쪽으로 나가더니 대국민 사과가 아닌 '대승객 사과'를 하는 것이 아닌가. 이에 승객들은 세쌍둥이 아빠에게 격려의 박수에 미소를 가득 담아 보내주고 있었다. 그날의 비행은 나에게 두고두고 이란 사람의 훈훈한 정을 보여주는 사건으로 기억되었다. 세쌍둥이 고놈들이 이제는 안 울고 비행기를 잘 타는지, 밥은 잘 먹고 있는지 갑자기 궁금하다.

이란인들에게는 유목민의 피가 흐르고 있는데, 유목민에게 손님이란 어떤 존재였을까 생각해 보면 이란인들의 친절을 이해하는 데 도움이 된다. 유목민들에게는 그저 가도 가도 끝없이 펼쳐진 초원과 가족 그리고 그들의 가축들이 전부였다. 그런 그들의 삶 안으로 어쩌다 들어오는 이방인은 두렵고 무서운 존재이기보다 우연한 삶의 활력소가 되었을 것이다. 갈증을 느끼다 만난 오아시스처럼 낯선 이는 유목민들의 삶에 새로운 세상으로 통하는 통로 같았을지도 모른다. 그들의 새롭고 재미있는 이야기를 들으며 환상을 가지기도 했을 것이고 단조로운 삶을 뒤바꾸는 에너지가 되었을 것이다.

그래서 오래전부터 이란에는 극진하게 손님을 대접하는 문화가 깊게 자리 잡고 있었을지도 모른다. 이 역시 오히려 당연하게 생각될 정도로 나에겐 낯설지 않았다. 아마도 손님을 빈손으로 보내지 않는 오래전 우리의 문화와 비슷해서일지도 모르겠다. 특히 직접 이란인들의 환대를 겪어 보는 것만으로도 그들이 이방인을 대하는 열정적인 마음을 충분히 느낄 수 있을 것이다. 자신이 가진 것 중 최고의 것을 내어주고, 정성스레 음식을 만들어 손님을 굶기는 법이 없다. 내가 이란에 있으면서, 외국인이라는 이유 하나만으로 받았던 친절과 관심을 생각해 보면 참으로 미안하고 고맙다.

아이러니하게도 가끔은 너무 친절한 이란인들 때문에 귀찮을 때도 있었다. 한 번은 어느 음식점에 찾아가다 길을 잃어 인상 좋아 보이시는 아주머니께 길을 물어본 적이 있다. 10분도 채 지나지 않았는데 어느새 온 동네 주민들이 모여들기 시작해 서로 이 길이 맞다, 저 길이 맞다 뜨거운 논쟁이 펼쳐지기 시작했다. 흡사 동네는 〈100분 토론〉을 뛰어넘는 열기로 후끈후끈 달아올랐다. 그들은 낯선 동양 여자아이에게 길을 알려줘야 한다는 사명감(?)으로 가득 차 있었고 그들에게 둘러싸인 나는 오히려 멍해졌다. 결국 조용히 빠져나와서 지도를 벗 삼아 혼자 길을 찾아갔다. 그런 일을 겪고 나니 웬만하면 이란인들에게 길을 물어보지 않고 혼자 찾아가는 편이다. 너무 친절한 이란 사람들을 배려한 나름의 노하우라고 말하면 될까. 이러한 이란 사람들의 친절과 배려를 엿볼 수 있는 재미있는 문화가 따로 있다. 바로 '터어로프'다.

"거벨 나더레!"

물건을 사고 계산을 할라치면 점원들은 여지없이 이렇게 말한다. 심지어 손사래를 치거나 고개를 저으면서 계산하지 말고 그냥 가라며 등 떠미는 시늉을 하는 주인들도 있다. 이것이 가장 흔히 접할 수 있는 터어로프의 한 예이다. 내겐 정말 친숙한 터어로프 문화지만 이란 문화가 생소한 사람들에게는 '터어로프'라는 말 자체도 도통 감이 오지 않고 이러한 상황도 다소 상식적으로 보이지 않을 것이다. '터어로프'라는 말을 최대한 온전히 우리말로 옮겨 소개하고 싶지만, 그 어감이 참 묘해 어떻게 해석할지 고민한 끝에 '터어로프'를 그대로 가져왔다.

터어로프를 한마디로 정리하면 '남을 존중하고 공경하는' 이란의 고유문화라고 말할 수 있다. 싫으면서도 좋다고 말하고 안 괜찮지만 괜찮은 척하는 우리나라 사람들의 '체면' 문화와 사람 좋아하는 이란 사람들의 타인에 대한 '배려' 문화가 은근슬쩍 섞여 있어 보인다면 너무 주관적일까.

어찌됐던 터어로프 문화는 이란인들을 가장 잘 보여주는 이란인들의 특징이다. 보통 물건을 사려고 계산대 앞에서 돈을 지불하면 우리는 무슨 말을 듣는가? 대부분 "얼마입니다" 혹은 "감사합니다" 그것도 아니라면 "안녕히 가세요" 정도일 것이다. 그런데 이란에서는 "거벨 나더레"라는 말을 듣게 된다. 의역하자면 "아이, 괜찮아요! 뭘요" 정도가 된다. 본래의 정확한 뜻은 "이것은 가치가 없습니다" 정도가 되는데 물건이나 자신의 서비스가 당신에 비해 전혀 가치가 없다는 뜻을 가지고 있다. 꼭 물건을 살 때뿐만이 아니라 돈이 오가는 모든 상황에서 이 표현을 사용한다. 이 얼마나 무안할 만큼 상대를 높이는 말인가?

가끔 터어로프의 '달인'들을 만나면 재미있기도 하지만, 너무 깍듯해 몸 둘 바를 모를 만큼 불편해지는 것도 사실이다. 이렇게 상대방이 터어로프를 한다면 영어의 'welcome'과 비슷한 뜻으로 이렇게 말하고 돈을 지불하면 된다.

"커헤쉬 미코남!"

그런데 만약 정말 돈을 내지 않고 가버린다면? 당연히 경찰이 출동한다. 즉 이란인들의 생활과 언어에 녹아있는 문화일 뿐이지 그것을 그대로 받아들여 눈치 없는 사람이 된다면 곤란하다.

내가 터어로프의 백미라고 꼽는 말은 "고르부네트 베람"이다. 이 말은 당신을 위해 죽을 수도 있다는 극단적인 뜻인데, 일상에서 굉장히 흔한 터어로프로 쓰인다. 아니, 당신을 위해 죽겠다니. 그런데 이 터어로프에 답하는 터어로프가 가히 더 최고라 말하고 싶다.

"코더 나코네"

나를 위해 당신이 죽는 것을 신이 그대로 내버려 두지 않을 것이란 말이다. 가끔 이런 대화를 듣고 있자면 키득키득 웃을 때가 많다. 역시 터어로프의 대가들이다!

또 하나 재미있는 터어로프 중의 터어로프는 "터어로프 나콘"이라 할 수 있다.

"터어로프 하지마"

터어로프를 적당히 끝내고 본론으로 들어가 이야기하자는 뜻인데, 이것 역시 터어로프일 뿐이다. 알다가도 모를 터어로프의 세계다.

그런데 남을 공경하고 존중하는 마음에서 파생된 이런 터어로프 문화에도 항상 긍정적인 측면만 있는 건 아니다. 사실 사람이나 상황에 따라선 터어로프가 아부처럼 느껴질 때도 있고 그 정도가 지나치면 민망하고 불편할 때도 있다. 뭐든지 과한 것은 안 하느니만 못하다는 우리 선조들의 가르침이 여기서도 통하는 것 같다. 적당한 터어로프는 상대방의 경계심을 옅게 하고, 친밀감을 높이는 데 도움이 되지만 그 정도가 과하면 오히려 상대방과의 관계를 껄끄럽게 만든다.

그래서 가끔은 이란 사람들의 진심이 무엇인지 헤아리기 힘들 때가 있다. 어디까지가 진심이고 어디까지가 터어로프인지 곰곰이 생각해 봐야 할 때가 있는데 싫어도 좋다고 말하는 경우도 많아 이란인들의 말을 그대로 믿으면 곤란할 때도 종종 있다. 그래서 요즘 이란의 젊은이들은 터어로프식의 말하기보다는 우리나라의 젊은이들처럼 자신의 생각을 진솔하게 얘기하는 경우가 많다.

상대방을 배려하고 공경해주는 터어로프 문화는 차츰 이란인들의 언어 속에 스며들어 그들의 언어습관을 형성했다. 그렇다 보니 타인에 대한 배려가 점점 사라지는 추세에서 그저 말로써의 터어로프만 남게 될까봐 걱정이다. 때문에 지나치게 체면을 차리는, 단지 말로써의 터어로프는 더 이상 이란 땅에 머물 수 없게 될지도 모른다. 긍정적인 의미로 이란 땅에 자리 잡게 된 터어로프 문화가 본래의 의도대로 오래도록 지속되었으면 좋겠다. 어떤 문화든지 그 명맥을 잇기 위해서는 정신적 요소가 뒷받침이 되어야 하지 않을까? 이란인들의 남을 위하는 아름다운 마음이 오래오래 유지되었으면 하는 게 나의 바람이다.

هفت
میوه

معجون
میوه

이슬람 여성들에 대해서 비 이슬람권 여성들이 갖는 가장 흔하고 흥미로운 궁금증은 뭐니 뭐니 해도 그녀들의 신체를 가리는 데 쓰이는 그것. 바로 그것일 것이다! 여기서 그것이라고 부르는 데는 특별한 이유가 있는 게 아니라 그것이 다양한 형태에 따라 각기 다른 이름으로 불리기 때문이다. '그것'은 가장 흔하게 '히잡hijab'이라고 불리는 듯하다. 이슬람권 여성을 상징하는 이것은 종류별로 그리고 나라별로 심지어는 같은 나라 안에서도 지방색이 있을 만큼 그 종류가 다양하다. 나는 그중에서 이란 여성들의 그것에 대해서 자세하게 설명하고 싶다.

여기서 먼저 짚고 넘어가야 할 이란의 특징은 외국인에게도 그것을 씌우는 세계 유일의 국가라는 것이다. 그리고 가장 많이 알려진 '히잡'이라는 용어를 이란에서는 사용하지 않는다. 이란행 비행기에 탑승하게 된다면 도착 직전 비행기에 타고 있던 모든 여인들이 분주하게 옷을 갈아입고 그것을 쓰는 재미난 풍경을 볼 수 있다.

이란 여성들의 그것은 크게 세 종류로 나눌 수 있다. 첫 번째는 가장 보편적이면서 멋 부리기 좋은 '루싸리russari'다. '루싸리'라는 이란어를 풀면 그 뜻을 쉽게 파악할 수 있는데 '루'는 '~ 위에'라는 뜻을 가진 부사이고 '싸르'는 머리를 뜻하는 명사다. 즉 루싸리는 '머리 위에 쓰는 것'이다. 대부분의 이란 여성들이 이 루싸리를 쓴다고 생각하면 된다. 루싸리는 스카프와 똑같이 생겼고 조금 큰 사이즈의 루싸리는 '숄shawl'이라고 부르기도 한다. 우리가 쌀쌀한 날씨에 두르는 그 숄과 같다. 때문에 이란에서 쓰던 루싸리를 한국에 와서도 스카프로 요긴하게 쓸 수 있다. 비이슬람권 국가에서 스카프가 멋을 부리기 위한 사치품이라면, 9세 이상의 모든 여자들이 루싸리를 써야 하는 이란에서는 필수품이나 다름없다. 그래서 이란 시장이나 상점에는 예쁘고 가격까지 착한 질 좋은 스카프들이 휘황찬란하게 매대를 가득 차지하고 있다. 매대 앞에 서면 없던 스카프 욕심이 생겨 항상 몇 개씩 구입하곤 했다.

기숙사 근처의 '타즈리쉬Tajrish'라는 시내에 나가면 내가 자주 가던 루싸리가게가 있는데 루싸리와는 전혀 어울리지 않을 것 같은 무뚝뚝한 아저씨가 가게를 지키고 있다. 나는 이 가게의 아저씨가 페르시아 장사꾼 특유의 기질을 발휘하지 않아 좋았다. 거상인 페르시아 상인의 피를 물려받은 이란인들은 장사 수완이 좋고 말도 청산유수라 정신 차리고 보면 어느새 손에는 쇼핑백 두세 개쯤 걸려 있다. 하지만 이곳 아저씨는 보여 달라는 루싸리만 무심한 듯 보여준다. 오히려 나에겐 편하게 루싸리를 고를 수 있는 배려 아닌 배려로 느껴져 충동구매를 미연에 방지해 준다.

이곳에는 흰색부터 검은색까지 세상의 모든 색깔 루싸리들이 그라데이션 형태로 정리되어 있다. 다른 곳에 비해 루싸리의 종류는 단출한 편이다. 무늬가 들어간 루싸리보다는 단색의 단정한 루싸리들을 판매한다. 색색의 루싸리들이 곱게 개인 채 선반 위에 뉘여 있는데, 루싸리만으로도 다른 인테리어가 필요가 없을 만큼 색감이 예쁘고 고와서 꼭 사지 않더라도 스윽 둘러보다 보면 기분이 좋아졌다.

처음에 나는 검은색이나 흰색 등 차분하고 무난한 색상의 루싸리를 즐겨 썼다. 재미있는 것은 이란에서 소위 '조금 노는 언니'를 구별하는 것도, 이 '루싸리를 어떻게 썼는가'로 구분할 수 있다는 점이다. 역시 사람 사는 곳은 어디나 다 똑같나 보다. 복장규율이라는 것이 존재하는 엄격한 이란에서도 어떻게든 규율을 조금씩 어겨가며 한껏 멋을 부리는 데 열심인 젊은이들이 있기 때문이다. 예전에 내가 중학생 때인가 정확히 기억은 나지 않지만 '뽕머리'라는 것이 유행했을 때가 있었다. 정수리 부분의 머리카락을 한껏 띄워 볼륨을 주고 머리 전체를 볼록한 모양으로 만드는 스타일이었는데 그 뽕이 클수록 소위 노는 언니들이었던 걸로 기억한다.

신기하게 이란 역시 그렇다. 그녀들은 어떻게 하면 머리카락을 조금 더 루싸리 앞으로 낼까를 치열하게 연구한다. 그래서 루싸리 바깥으로 앞머리를 내거나, 루싸리를 아슬아

슬하게 머리 뒤쪽에 살짝 걸쳐 두기도 한다. 하지만 멋을 내는 가장 흔한 방법은 '골레싸르'를 쓰는 것이다. 골레싸르의 역할은 루싸리가 머리 위에서 미끄러지지 않도록 하는 것인데 제 기능보다는 멋 부리기 위한 역할로 더 많이 사용되고 대부분 탐스러운 꽃봉오리 모양의 집게핀이다. 때문에 골레싸르로 머리를 집은 후 루싸리를 얹어 쓰면 머리가 봉긋하게 솟는다. '골레싸르'란 말을 풀어보면 '골'은 꽃이란 뜻이고 '싸르'는 머리란 뜻이니 '머리에 꽂는 꽃' 정도로 해석할 수 있다. 골레싸르 역시 크기가 큰 것부터 작은 것까지, 색깔과 소재가 다양하다. 루싸리 안에 있어 보이지 않는다고 해서 대충대충 만드는 법이 없는 이란인들의 예술적 감각을 다시 한 번 엿볼 수 있다.

이란에 도착해 얼마 되지 않았을 때, 나도 이 골레싸르에 빠졌다. 우선 봉긋하게 골레싸르를 얹고 쓰는 루싸리의 모양이 이국적이면서 아름다웠고, 골레싸르 자체의 디자인이 여성들의 마음을 끌기에 충분했기 때문이다. 그때 타즈리쉬 시장을 뒤져 갈색 깃털로 장식된 골레싸르를 샀다. 처음에는 그 골레싸르를 이용해 잔뜩 멋을 부리고 다녔지만 집게핀으로 머리를 집어 루싸리를 쓰는 것이 생각보다 불편하고 한 시간만 돌아다녀도 집게핀이 머리 밑으로 줄줄 내려와 머리 위에 있어야 할 봉긋한 뽕이 어느새 뒤통수에 붙어 있기 일쑤였다. 하지만 이란 여인들은 오래된 경력(?)만큼 정갈하게 모양을 잘 유지했다. 반면 나는 시간이

지날수록 꾸미는 게 귀찮아져 앞머리로 멋을 부리기 시작했다. 최대한 앞머리를 많이 내어 호빵맨 같은 볼살을 가리고 루싸리를 머리 뒤에 걸쳐 쓰는 방법을 선택한 것이다.

시간이 흐르면서 절대 적응되지 않을 것 같던 루싸리도 어느새 점점 익숙해졌고, 이란 여성들처럼 다양한 방법으로 멋 부리는 노하우도 터득했다. 두 장의 루싸리를 겹쳐 쓰기도 하고, 화려한 이란어 필체가 수놓아지거나, 새빨간 혹은 새파란 색처럼 과감한 색깔의 루싸리도 거리낌이 없어졌다. 하물며 루싸리 앞부분을 귀 쪽에서 한 번 접어 모양을 내는 경지에 이르기도 했다. 이렇게 루싸리를 쓰다 보면 마치 내가 이란 여성이 된 듯 그녀들과 더 쉽게 동화되고 친근감이 든다. 어느 순간 나도 모르게 루싸리가 익숙해지고 일종의 필수품이 된 것 같았다. 그래서일까. 한국에서도 가끔 바쁘게 외출하는 길에 다시 집으로 돌아간 적이 있다. 루싸리를 빠뜨린 허전한 느낌에 습관처럼 집으로 뛰어간 것이다. 결국 집에 도착해서야 '아, 여기 한국이지'하고는 멋쩍어 했던 적이 몇 번이나 있었다.

두 번째는 '마그나에magnae'라고 불리는 것이다. 마그나에는 주로 검은색, 회색, 감색, 흰색 등 단순한 색이 많고 형태가 일정해 루싸리보다는 선택의 폭이 단출한 편이다. 학생들은 학교에 갈 때 그리고 관공서 출입 시 루싸리를 허용하지 않기 때문에 이 마그나에를 쓴다. 루싸리보다 조금 더 포멀formal한 형태인 마그나에는 철저한 이란식 루싸리라 할 수 있다. 다른 중동국가에선 찾아보기 힘든 독특한 이란 스타일이다.

이란에서 맞이한 내 스물여섯 번째 생일에 나는 보라색 마그나에와 검은 처도르를 선물로 받았다사실은 내 무언의 압박을 통해서였지만. 그날 내 머리에 동생 두 명이 달라붙어 이렇게 써 보고 저렇게 써 보고 했던 것이 나의 마그나에 첫경험이었다. 도통 어떻게 쓰는지 알 길이 없었다. 기숙사 친구들이 매일 마그나에를 쓰고 다녔기에 보는 것에는 익숙했지만 써 본 적이 없으니 깔끔하고 예쁜 모양으로 마그나에를 쓰는 것이 그렇게 힘든 줄 몰랐다. 분명 머리 하나쯤 나올 법한 구멍과 대충의 모양은 알겠는데 아무리 써도 기숙사 친구들처럼 그 모양이 잡히질 않았다. 결국 다음 날 학교에 들고 가서 비드골리 교수님께 도움을 청했다.

교수님이 알려주신 방법은 위쪽에 튀어나온 뾰족한 삼각형 부분을 안으로 접은 채로 머리를 재빠르게 쏙 넣고는 튀어나온 앞머리를 샤샤샥 가지런히 정리하는 법이었다. 말하기는 참 쉽다. 방법을 알고 나니 생각보다 간단해 허탈하기까지 했다. 하지만 집에 돌아와 다시 혼자 써 보는데, 아뿔싸! 또 못 쓰겠다. 그 쉬운 게 제대로 되지 않고 삐뚤빼뚤 모양이 잡히질 않았다. 역시 마그나에를 수십 년 써온 전문가 비드골리 쌤의 실력을 고작 석 달 생활한 루싸리 신입이 따라잡는 건 쉽지 않은 일이었다.

마그나에는 꽉 막혀 있는 구조 덕분에 쓰고 있으면 아주 덥다. 그래서 10분만 쓰고 나면 이마에 땀이 송골송골 맺힌다 게다가 나처럼 얼굴이 동그랗거나 볼살이 푸짐한 사람이 쓰면 덩그러

니 얼굴만 부각되는 부작용(?)을 초래할 수 있다. 하지만 이란 여성들과 초등학생 또래의 아이들이 하얀색 마그나에를 쓰고 있으면 꼭 천사 같아 보인다.

마지막 세 번째는 '처도르chador'다. 흔히 중동여성들이라 하면 가장 먼저 떠오르는 이미지가 이 처도르일 것이다. 처도르는 원래 이란어로 '천막'이라는 뜻인데 유목민이었던 이란인들의 천막 천에서 발전된 단어다. 도통 형태가 없어 보이는 천을 쓰는데 그녀들은 멋스럽게 매무새를 가다듬어 능숙하게 쓴다. 처도르도 마그나에와 비슷하게 주로 검은색을 쓰고 다닌다. 그래서 검은색 마그나에에 검은색 처도르를 쓰면 이방인들이 보기에 조금 무서워 보이는 것도 사실이다. 종교적 믿음이 신실한 가문의 여성들이 주로 쓰고, 기숙사 친구들도 학교에 갈 때면 검은색 마그나에에 검은색 처도르를 쓰기도 한다.

처도르하면 써레네 엄마가 기억난다. 써레네 엄마는 나와 내 후배들을 위해 손수 바느질한 보석같이 빛나는 처도르를 선물해 주었다. 내가 천을 직접 골랐는데, 움직일 때마다 천에 매달린 미세한 반짝이가 반사되어 단색의 처도르와는 차원이 다른 아름다움을 자랑한다. 그리고 이 처도르, 은근히 섹시하다. 써레네 집 세 자매는 늘 어머니가 만들어 주는 홈메이드 처도르를 입고 다니는데, 알록달록 곱고 예쁜 색깔의 천으로 어머니가 직접 바느질해 주는 처도르라니, '얼마나 행복하고 소중할까!' 싶은 생각이 들어 어머니가 선물해 주신 처도르를 볼 때마다 소중함을 느낀다.

이란 길거리에는 이 루싸리, 마그나에 그리고 처도르 세 가지의 의복 형태가 다양하게 어우러져 여성들의 옷차림을 구경하는 재미가 쏠쏠하다. 하지만 때로는 루싸리, 마그나에 그리고 처도르 안의 여성들이 답답해 보일 때가 있는 것도 사실이다. 가끔은 그녀들이 안쓰럽게 느껴질 때도 있다. 조금이라도 자신의 풍성한 머릿결을 보여주기 위해 노력하는 여성들을 볼 때마다 또래의 여성으로서 머리를 아름답게 매만지고, 미니스커트를 입는 행복을 만끽하지 못한다는 것이 얼마나 아쉬운지 짐작이 갔기 때문이다. 그리고 대부분의 매체에서도 이러한 여성의복의 제약을 여성 억압의 상징으로 간주하여 문제로 삼고 있기에 나 또한 그러한 시선으로 마음대로 그들을 재단해 생각한 적이 있었다.

하지만 이슬람국가인 이란은 《코란》을 우선시하고 있다. 《코란》에 명문화된 히잡은 적으로부터 혹은 자연으로부터 여성을 보호하고 보듬는 역할을 해왔다. 보호의 상징에서 마냥 억압의 상징으로 간주되는 측면만 더욱 부각되다 보니 이방인으로서의 시선과 편협한 생각으로 이슬람국가의 여성의복을 단지 억압 측면에서 생각하는 것은 문제가 있다는 생각이 들었다. 물론 여성으로서의, 자신을 단장하고 꾸미는 행복추구권에 대해서는 깊게 공감하는 바다.

이란은 시아파 종주국으로서 다수인 순니파 아랍국가들과 조금은 차이가 있다. 오랜 역사 속에서 소수파들은 다수파의 기득권 속에서 살아남기 위해 개방적이고 독자적인 노선을 선택해 왔다. 카타르나 사우디아라비아 등 아랍국가에서는 주로 처도르의 형태, 즉 히잡을 쓰는데 눈만 내놓고 생활해야 하는 그녀들이 나라고 왜 안타깝지 않겠는가. 하지만 이란 여성들을 포함해 루싸리, 마그나에, 처도르를 억압의 상징으로 여기는 시각에서도 스스로 그 믿음을 지켜 나가는 이들 역시 적지 않다는 것을 알았으면 좋겠다.

내 친구 써레 역시 스스로 무슬림을 선택했다고 말하며 루싸리와 처도르를 쓰는 것에 자신의 믿음을 갖고 있다. 체제가 변화하여 루싸리가 강요되지 않더라도 스스로 그것을 선택할 사람도 많다는 것을 이란 친구들이 말해 주었다. 그들 스스로가 그렇지 않다는데 억지로 각종 매체와 타 문화권의 기득권이 끼워준 색

안경으로 마냥 그녀들을 불쌍하고 측은하게 여기는 시선은 거두어야 할 것 같다.

각국 또는 각지에는 특수한 역사적, 자연적, 지리적 배경으로 인한 그들만의 문화와 관습이 자리 잡고 있다. 나는 그들의 의복문화를 억압의 형태로 보는 것에는 동의하지 않는다. 물론 그것을 강제하는 것에는 반대하지만 자율적으로 지키고 있는 그들의 문화와 관습을 남의 시선만으로 그렇게 치부해 버린다면 그것 역시 옳지 않은 일이다. 처도르를 쓰고 자신의 역할을 찾아 자유롭고 당당하게 생활하는 이란 여성들은 미니스커트를 입고 긴 머리를 찰랑이며 사는 우리보다 훨씬 행복할 수도 있기 때문이다.

물론 지금 이 순간에도 여러 이슬람국가들에서 여성이 억압당하고, 불평등을 겪고 있는 그녀들의 현실에 깊은 슬픔을 표한다.

4000

## 제시카 알바를 보았다

내가 할리우드 여배우 중 제일 좋아하는 배우는 제시카 알바Jessica Alba다! 그녀는 자타공인 할리우드에서 가장 'Hot'한 배우다. 서양의 전형적인 금발 미녀들과는 다르게, 보면 볼수록 묘하게 동양적인 매력을 풍기는 그녀의 얼굴을 나는 좋아한다.

이란에 와서 제시카 알바가 혹시 페르시안의 핏줄이 아닐까 생각해 본 적이 많다. 이건 어디까지나 내 생각일 뿐이지만 이란 거리에서는 거짓말을 조금 보태어 10분에 한 번 정도는 제시카 알바를 '제시카 날봐' 정도로 닮은 여성들을 흔하게 볼 수 있다. 그리고 내 친구 써레도 제시카 알바와 똑 닮았다.

그렇다는 것은 이란 여성들이 평균적으로 꽤 아름답다는 말인데, 그녀들은 대체 뭘 먹고 이렇게 아름다울까? 같은 여성으로서 당연히 궁금할 수밖에 없었다. 분명 육식을 즐기는 이란인들의 특성상 주식으로 먹는 음식은 각종 케밥류다양한 종류의 고기를 꼬치에 끼워 익힌 음식나 혹은 패스트푸드임에 틀림없는데 과일이나 이슬만 먹은 듯한 이란 여성들의 수려한 미모의 비결이 궁금할 뿐이다. 물론 '페르시안들 중에 미남미녀가 많나 보지, 뭐!'라며 단순하게 생각하는 것이 내 정신건강에 더 좋을 듯하지만! 그리고 역사적으로 유럽과 아시아를 잇는 요지에 위치한 이란의 지리적 조건 때문에 여러 민족의 특징이 섞인 이란인들은 서양적이면서도 동양적 비율이 적절히 혼합된 외모를 가지고 있다.

만약 이란이 개방되고 체제의 변화가 일어나 이란 여성들이 미스 유니버스Miss Universe 혹은 미스 월드Miss World 대회에 나가게 된다면 전 세계의 미녀들은 바짝 긴장해야 할 것이다. 1등은 아마 이란 여성들이 차지할 가능성이 상당히 높을 테니까!

이란 여성들이 예뻐 보이는 데는 타고난 유전자의 몫이 크겠지만 그녀들의 센스와 패션감각도 빼놓을 수 없다. 우선 이란 여성들이 입는 가장 흔한 의복인 망토에 대해 설명하고 싶다. 우리나라에서 망토라고 하면 초가을이나 겨울에 입는 두툼한 니트 소재의 망토를 떠올릴 것이다. 〈빨간망토 차차〉의 차차가 입는 망토처럼. 하지만 여기서 말하는 망토는 버버리와 그 생김새가 더 비슷하다. 여성들이 걸치는 외투를 대부분 망토라고 부르는데, 원래 검은색, 감색, 갈색 등 어두운 색이다. 망토는 엉덩이를 내보이면 안 되는 규율상 엉덩이를 덮기 위한 외투의 한 종류지만, 변화와 흐름에 맞춰 그 형태가 점점 다양해지고 있다. 세련된 디자인의 그럴 듯한 망토를 차려입은 이란 여성들은 매우 아름답다.

또한 그녀들은 내가 본 그 어떤 나라의 여성들보다 꾸미는 데 관심이 많다. 그렇다 보니 화려한 장신구를 좋아한다. 블링블링한 액세서리를 좋아하고 루싸리를 비롯 제한된 드레스코드 속

에서 멋을 부리기 위해 다양한 방법을 끊임없이 연구하기 때문이다. 이란 여성들은 '쌀롱'이라고 불리는 미용실에서 머리를 하고, 제모도 한다. 쌀롱은 옷을 팔기도 하고 유행에 대한 이야기며 살아가는 이야기를 나누는 여성 사교모임의 장이다. 최근에는 까만 피부가 유행이라 태닝을 하는 태닝숍이 큰 인기를 끌고 있단다. 이란 친구를 따라 동네 쌀롱에 가본 적이 있다. 생각처럼 쌀롱다운(?) 화려한 간판을 찾기는 힘들다. 대부분 일반 가정집 같은 외관의 쌀롱이 많다. 하지만 안으로 들어가면 여성들이 루싸리와 겉옷을 벗고 머리를 손질하며 네일 관리를 받기도 한다. 한켠에서는 세련된 옷도 판매하기도 하고, 엄마를 따라온 아이가 염색을 해달라고 조르기도 한다. 서로 예쁘다는 칭찬을 주고받으면서, 자녀교육이나 결혼 얘기 등 자유로운 대화를 나누는 여성 사교의 장이 바로 쌀롱이다.

이렇게 꾸미는 것을 좋아하는 이란 여성들의 센스는 혁명을 겪지 못한 젊은 세대보다 혁명을 겪은 중년 혹은 노년의 여성들에게서 오히려 더 쉽게 찾아볼 수 있다. 이란은 1979년 이슬람혁명을 겪으면서 왕정국가에서 신정국가체제로 바뀌었다. 때문에 이란의 공식적인 명칭은 '이란이슬람공화국'이다. 대통령이 존재하지만 대통령 위에 종교적 지도자가 있는 특이한 형태의 국가체제를 유지하고 있다.

팔레비왕정체제의 자유를 느껴본 이란인들은 다른 이슬람국가 사람들과는 확연히 차이가 난다. 혁명 이전 자유를 경험해 본 이란인들은 훨씬 자유로운 사상을 가지고 있고, 오히려 혁명을 겪어 보지 않은 젊은 층이 보수적인 경우도 많다. 팔레비왕조의 팔레비왕은 친미 노선을 걸었기 때문에 혁명 전 당시 이란의 사진을 검색해 보면 스커트를 입고 양복을 입은 이란 사람들을 볼 수 있다. 유명한 사진작가인 앙리 카르티에 브레송Henri Cartier Bresson의 사진전에 걸린 작품 중 〈람싸르의 풍경〉을 보면 그 사실을 확인할 수 있다. 람싸르는 이란 북부의 한 지방이다. 그의 사진 속에는 딱 한 벌뿐인 듯한 양복을 입은 네 명의 신사가 등장한다.

지금도 테헤란의 부촌에 가면 부유함과 화려함의 시대를 살면서 서구의 문화와 패션 등을 경험해 본 세대가 있다. 지금은 할머니, 할아버지가 되었지만 그 시절을 풍미했던 화려한 패션감각을 아직도 뽐내는 그들을 구경하는 것도 내겐 재미있는 경험이었다. 반면 처도르와 루싸리 속에 멋진 패션감각을 잠시 접어 두고 있을 여성들은 '얼마나 답답할까'하는 생각도 했다. 하지만 이내 그녀들의 고풍스러운 지팡이, 얇은 실로 짠 레이스 장갑, 실크 루싸리 등 예사롭지 않은 패션 아이템 하나하나를 관찰해 보면 충분히 멋스러운 패션센스가 이미 곳곳에 그득했다.

그래서일까? 이란 여성들은 카타르, 사우디아라비아, 오만 등 다른 이슬람국가 혹은 아랍국가들의 여성들과는 확연히 구분이 된다. 이란에서 돌아오면서 터키에 잠시 여행 갔을 때도 여성들의 화려한 차림새만 보고 그녀들이 이란인인지 단박에 알아차릴 수 있었다. 확실히 이란은 아랍국가가 아니다. 문화도, 생김새도, 그들의 의식세계도 아랍국가보다는 유럽과 더 닮아 있다. 아니, 누구와 닮았다기보다는 독자적인 이란 스타일이 존재한다는 표현이 더욱 적절하다.

어떻게 보면 루싸리의 굴레에 갇힌 그녀들일지라도 멋이 무엇인지, 패션이 무엇인지 더욱 잘 아는 것 같다. 하지만 나는 아무리 꾸며도 루싸리의 족쇄에서 자유롭지 못했다. 한국인은 한국인답게 멋을 부릴 때 가장 잘 어울린다는 것을 절실히 느꼈다. 내가 루싸리를 쓰면 긴 머리가 가려 동양인의 전형적인 얼굴이 덩그러니 부각된다. 나도 그다지 큰 얼굴은 아닐 텐데 이란 여성들의 조막만한 얼굴과 또렷한 이목구비는 왠지 내 기를 죽였다. 거울을 볼 때마다 수묵화로 그려놓은 듯 흐릿해 보이긴 하지만 꽤 적당한 크기의 내 눈도 아몬드마냥이란인들은 동양인의 눈처럼 가로가 긴 눈을 '버더미' 라고 부르는데 아몬드 모양이라는 뜻이다 찢어져 보여서 혼자 한숨을 푹푹 쉬기도 하고, 자신감을 살짝 잃기도 했다.

그런데 웃긴 건 그녀들은 반대로 내 얼굴을 부러워했다. 이란 친구들은 늘 나에게 '피부가 어찌 그리 하얗고 곱냐나는 평범한 동양인의 피부색을 가졌을 뿐이다', '코가 어떻게 그렇게 작고 예쁘냐나는 평범한 동양인의 코를 가졌을 뿐이다'고 묻는다. 그런 질문들을 통해 나는 자신감을 겨우 회복할 수 있었다. 우리나라 여성들이 코를 높이기 위해 성형하는 것처럼 이란에서는 큰 코를 작고 아담하게 만들거나 매부리코를 다듬는 수술을 많이 한다. 그녀들은 작고 오똑한 코를

예쁘다고 생각한다. 때문에 이란 여성들은 수술한 사실을 당당히 드러내는 편이다. 오히려 '나 코 수술했다'며 자랑하고 싶어 하며, 길거리에서는 코에 밴드를 붙이고 당당하게 걷는 여성들을 쉽게 볼 수 있다.

이란 친구들은 이렇게 내 얼굴, 그러니까 동양인의 얼굴을 동경하고 닮고 싶어 한다. 또한 이란 내의 한류열풍으로 이영애, 한혜진 등 한국 여자연예인의 패션과 그들의 외모에도 관심이 많은 것도 그 이유 중 하나다. 그래서인지 한국 화장품이 이란 내에서 큰 인기를 끌고 있다.

부끄럽지만 내 별명은 '소서노'였다. 기숙사 앞 과일가게 아저씨, 자칭 '주몽아저씨'가 내게 지어준 것이다. 나는 충분히 마음에 들 수밖에 없었지만 내 친구들이 언짢아했던 건 왜일까……. 동양인의 얼굴을 좋아하고 동양인에 대한 환상이 있는 이란인들은 동양인들을 무조건 예쁘고 잘생겼다고 생각하는 것 같다.

내가 비교적 불리한 신체조건이나 외모조건에도 불구하고 자신감을 잃지 않을 수 있었던 이유는 바로 이것이었다. 사람은 누구나 자신이 가지지 못한 것을 동경하게 된다는 점. 나는 그녀들을, 그녀들은 나를. 인종이나 나라마다의 특색을 고루 간직한 미인이 진짜 미인이라는 사실을 타국에 와서 깨달았다. 그렇게 생각하자 나는 더 이상 그녀들의 얼굴이 부럽지 않았다. 나도 나만이 가진 한국적인 미를 이란 친구들을 통해서 알게 되었고, 덕분에 나를 더 사랑할 수 있게 되었다.

이란 여성들을 아름답게 보이게 해주는 일등 공신이 하나 더 있다. 바로 눈화장이다. 아직 이란에서는 스킨케어 화장품보다는 메이크업 화장품이 더 잘 팔린다. 노출이 자유롭지 않은 중동국가에서는특히 눈만 내놓고 다녀야 하는, 혹은 눈조차도 그물망으로 가리고 다니는 나라에서 눈화장을 위한 아이섀도나 아이라이너가 가장 중요한 제품이다. 이란 여성들도 마찬가지로 깊고 그윽한 눈을 강조하는 아이 메이크업에 공을 들인다. 그래서일까, 나는 이란 여성들을 볼 때마다 페르시안 고양이가 떠오른다.

페르시아 고양이의 발상지답게 이란에는 고양이들이 유독 많다. 개를 불경시 여긴다는 《코란》 구절의 영향으로 이란에서는 개를 불경한 동물로 여기고, 이슬람문화에서는 개보다 고양이를 좋아한다. 특히 이름부터 페르시안 고양이 아닌가. 이란 고양이는 전 세계적으로 아름다운 외양과 도도한 자태로 인기가 높다. 고양이를 별로 좋아하지 않는 나도 그 매력 때문인지 이란의 고양이들을 딱히 싫어하진 않았다. 이란에는 유독 도도하고 매력적인 고양이들이 많다. 이란인들은 길거리 고양이라도 매몰차거나 폭력적으로 대하지 않고 웬만하면 돌봐주고 공생하다 보니, 고양이들이 낭만적인 천성을 갖게 되고 도도한 품위를 유지할 수 있었겠구나 생각했다. 이란 여성들은 공원에서 우아하게 걸어가다가 가끔씩 뒤를 흘겨보는 이런 고양이들을 닮았다. 이렇게 노출보다 더 자극적인 그녀들의 눈빛을 만들어 주는 것이 바로 이란의 전통 아이라이너인 '소르메'다.

거의 99%의 여성들이 소르메로 눈화장에 공을 들인다. 아이라이너뿐만 아니라 밑부분의 점막을 채우는 화장을 하기도 하는데, 그렇지 않아도 깊은 그녀들의 눈매를 더욱 부각함으로써 아름다운 눈화장을 완성한다. 그리고 현재 이란에서 유행하는 메이크업은 태닝한 듯한 피부색을 위해 좀 더 검게 표현하는 화장법이라고 한다.

친구들끼리 모이면, 역시 여성들의 주 관심사인 화장품 얘기와 패션 이야기가 가장 흥미로운 주제였다. 한국에서 가져간 팩을 함께 누워 붙이고 수다를 떠는 시간, 서로의 파우치를 열어

생소한 화장품을 구경하며 정보를 나누는 시간은 세계 어느 나라를 가든 여성들의 친목도모에 가장 필수적인 시간이 아닐까?

테헤란 부촌에 가면 멋스러운 오버 사이즈의 망토에 태닝한 피부, 살짝 걸친 루싸리, 그리고 세련된 자태attitude의 이란 여성들을 볼 수 있다. 카페에 앉아 그녀들을 구경하고 있으면 이곳이 테헤란인지 파리인지 아니면 로마의 외곽인지 헛갈릴 때가 많다. 그런 그녀들을 본다면 '쌀롬!'이라고 찡긋 인사를 해준다면 좋겠다.

이렇게 이란에는 자신들만의 아름다움을 간직한 제시카 알바들이 산다.

## "아게 테러픽 나버쉐"

"아게 테러픽 나버쉐~"

내가 테헤란의 택시 기사아저씨들에게 가장 많이 들은 말이다. 우리말로 직역하자면 "만약 차가 막히지 않는다면~" 정도가 되겠다. 이 말만 들어도 알 수 있듯이 이란의 교통체증은 심각하다. 심각한 수준을 넘어서 살인적이다. 가끔은 꽉 막힌 도로 한가운데 좁은 구형 프라이드 택시에 갇혀 있자면 온갖 짜증이 밀려와 내 성격을 테스트하는 것만 같았다. 특히 찜통 같은 여름날의 대책 없는 더위에는 인내심으로도 어찌할 도리가 없다. 기사들이 에어컨을 잘 켜지 않기도 하지만 대부분 오래된 차들이라 틀어도 별로 시원하지 않다. 그런 경우에는 500투먼을 슬쩍 내밀며 이렇게 말하면 된다.

"미투니 쿨레르 베자니에어컨 좀 틀어 주시겠어요?"

그럼 기사아저씨들이 아주 흔쾌히 에어컨을 틀어 주기도 한다. 대부분의 경우에는 차선책으로 창문을 열 수밖에 없는데 그때 들어오는 후텁지근한 바람과 테헤란의 매연에 1분도 견딜 수 없어 다시 창문을 닫고는 체념하고 만다. 오히려 체념하고 나면 조금은 견딜 만해진다. 이렇게 테헤란의 살인적인 교통체증은 언제나 내 인내심을 시험하곤 했다.

이렇게 얄미운 '테러픽교통체증'이지만 가끔은 좋은 변명거리가 되기도 한다. 그렇지 않아도 능글능글하고 유머러스한 이란인들은 약속시간에 한 시간이나 늦고서도 당당한 얼굴로 "너 이란 교통체증 몰라? 알잖아!"하며 싱긋 웃는다. 웃는 얼굴에 침 뱉을 수 없다. 그럼 뭐라 할 말이 없어진다. 시간이 좀 지나 이란생활에 적응될 때쯤 교수님들이 지각한 날 혼이라도 낼라치면 "교수님, 테헤란 교통체증 아시잖아요, 주의하겠습니다"하며 머쓱하게 웃고 본다. 그러면 교수님들은 "비터, 이란인 다 됐네"라며 봐주셨다. 이처럼 테헤란에서는 테러픽이 최고의 지각 변명이 되기도 한다.

특히 테헤란의 중심부는 교통체증을 넘어선 그야말로 '혼돈의 거리'다. 뒤엉킨 차들은 삼차선 도로에서 사차선으로 달린다. 그리고 실타래 같이 얼기설기 얽힌 골목길이 많은 이란에선 같은 목적지로 향하는 길이 적어도 열 개 이상은 된다. 베테랑 기사아저씨들이 운전하는 택시를 타면 골목골목 외우기도 힘들어 보이는 길을 익숙하게 헤집고 다니는 운전실력에 놀랄 때가 한두 번이 아니었다. 운 좋게 베테랑 기사아저씨의 택시를 잡아타는 날에는 목적지에 조금 더 빨리 도착할 수도 있다. 아마 이란인들은 이러한 현지 사정상 대부분 베스트 드라이버일 것이다. 이처럼 베테랑 기사들이 많은 이란이지만 출퇴근 시간엔 어떤 길을 택하든 예외 없이 막힌다. 10분 거리를 한 시간이 걸려서 도착할 때도 있었다. 다시는 마주하고 싶지 않은 테헤란의 교통지옥, 그 도로 한 가운데가 가끔 생각날 때가 있다. 그럴 때마다 숨부터 턱 막힌다.

테헤란 시민들은 운전자들과 맞먹는 대담함을 가졌다. 그들은 아무 곳에서나 길을 건넌다. 그것을 발견한 경찰관들도 약간의 주의를 주는 정도다. 질서를 지키는 게 오히려 이상한 테헤란에서는 이러한 위법이 일상적인 일이기에 경찰들도 바로 앞에서 벌어지는 무질서를 모른 체한다. 이미 무뎌진 것이다. 처음에는 길 건너는 것만으로도 식은땀이 나고 차에 치일까봐 두렵기도 했다. 그 두려움 때문에 한곳에서 10분 이상 서 있던 적도 허다했다. 횡단보도가 있지만 횡단보도란 이름이 무색하도록 찾는 사람이 많지 않다. 하지만 나도 이제 요령이 생겨 이란 사람들보다 요리조리 빠르게 건널 수 있는 반半이란인이 다 되었다.

이 정도 얘기를 듣고 나면, 테헤란의 교통상황이 대충은 짐작될 것이다. 일방통행길이라고 어디 다르겠는가. 이란에선 일방통행길도 당연히 쌍방통행이다. 약간의 차 긁힘 정도는 배포 좋은 이란인들답게 서로 모른 체하며 지나간다. 이렇게 관대할 수가 없다. 이런 무질서 속에서도 이란인들 나름대로의 질서를 유지하는 게 신기할 따름이다. 처음에는 이런 무질서가 불편해 매번 투덜댔다. 준법정신이 약하다며 이란인들을 비난했다. 하지만 점점 이란을 겪으면서 내가 느낀 것은 어떤 일이든 인간의 적응력은 참 무섭다는 점이다. 아무 데서나 길을 건너는 이란인들을 이해하지 못했던 나도 한국에 돌아와 보니 서울의 질서정연함에

숨이 막혀 버릴 것 같았다. 조금 더 편하고 싶은 이기심 때문인지 별 생각 없이 무단횡단을 하고 싶은 욕구가 생겨 꾹꾹 눌러 담을 때도 많았다. 이 얼마나 웃기는 일인가. 이미 테헤란의 교통체증에 익숙해진 상태에서 나에게 서울의 질서정연함은 오히려 불편으로 다가왔다. 한편으로 이란에 다녀와서 본 한국은 내 생각보다 훨씬 깨끗하고 질서정연한 나라였던 것이다.

이런 테헤란의 교통문제와 더불어 또 하나의 심각한 문제는 구형자동차들이다. 테헤란 시내에서는 20년 이상 된 구형차를 쉽게 볼 수 있는데 우리나라에서 멸종된 티코가 이란에서 가장 흔히 볼 수 있는 '국민차' 타이틀을 가지고 있다. 실제로 그 타이틀이 어색하지 않을 정도로 대중화된 차이다. 티코는 우리나라에서 이미 단종되었다고 들었다. 이란에서 이 귀여운 티코들을 볼 때마다 유행했던 티코 유머들이 생각났다. 바람이 불면 뒤집히고, 길거리에 껌 때문에 멈춰 선다는 그 티코를 오랜만에 볼 수 있어 색다른 정겨움을 느꼈다. 사이파SAIPA라는 이란회사가 생산해 내는 티코는우리나라에서 기술을 가지고 와 이란 내에서 자체적으로 생산한다 테헤란 차량의 반절 정도 되는 것으로 보인다. 그리고 이미 사라진 대우의 엠블럼을 달고 있는 구형차들과, 페이칸 등 이미 자취를 감춘 클래식카들도 즐비하다.

사실 클래식카들은 그 자체만으로도 세월의 융숭함과 고전적인 아름다움을 가지고 있어 낡은 만큼 멋스럽기도 하지만 그 차들이 뻑뻑 뿜어내는 매연이란……. 겪어보지 않으면 절대 느낄 수 없을 정도로 심각한 상태다. '아, 대한민국은 꽤 깨끗한 나라였구나'라는 생각을 다시 한 번 실감했다. 특히 겨울에는 매연으로 온 도심이 뿌얘서 한 시간만 나갔다 오면 눈이 시리고 코가 막히고 머리가 어질어질하다. 하지만 반대로 생각하자면 5년만 타도 차를 바꿔버리는 우리나라와 달리 '저 차가 과연 굴러갈까?'하는 의문이 들게 하는 차들이 실제로 굴러간다. 그것도 아주 쌩쌩. 물론 재정난으로 인해 차를 바꾸는 것이 힘들기도 하다. 차 가격이 우리나라 가격의 2배 정도인데다 세금문제로 인해 매우 비싸다. 이처럼 낭비를 최소화하고 있는 이란인들이지만 자의든 타의든 차를 오래 타다 보니 결과적으로 절약하고 있는 셈이다. 하지만 동전의 양면처럼 테헤란 공기오염의 주범이 되기도 하니 참으로 난감한 문제가 아닐 수 없다. 최근 매연을 줄이고자 테헤란 시내의 버스운행을 늘렸다고는 하지만 상대적으로 천연자원석유, 천연가스이 풍부한 덕에 가격이 싼 이란은 자동차가 정말 많다. 국민 한 명당 약 한 대의 자동차가 운행 중이라 들었다.

개인 자동차 이외에도 이란에는 다양한 교통수단이 있다. 생각보다 이란의 버스는 노선과 체제면에서 잘 정비되어 있다. 재미있는 것은 버스에 탈 때 남녀가 구분된다는 것인데, 버스의 앞쪽에는 남자가 버스의 뒤쪽에는 여성들이 탄다. 지하철도 마찬가지다. 남녀의 칸이 구별되어 있다. 하지만 미니버스는 남녀를 구분하지 않고 함께 타고, 지하철이나 버스 등 남녀가 구분되어 있는 교통편에서 남성칸에는 여자가 타도 되지만, 여성칸에는 남자들이 타면 안 된다. 이런 것을 보면 이란은 내가 아직 이해할 수 없는 부분이 많은, 뭔가 애매모호한 나라다. 하지만 '애매모호함', 그것이 이란의 매력이기도 하다.

게으른 내가 수많은 교통수단 중 제일 사랑하는 건 바로 택시다. 택시의 종류는 크게 모스타김, 다르바스트, 어전쓰로 나뉜다. 이란은 원형교차로메이둔를 중심으로 연결된 도로가 많아 직진만 하는 모스타김 택시가 영업할 수 있다. 한 구역에서 빙빙 돌며 직진만 하는 택시가 바로 모스타김이다. 그래서 모스타김은 혼자 편하게 탈 수가 없다. 무조건 합승! 하지만 모스타김은 내게 싼값에 이란인들과 친해질 수 있는 좋은 이란어 강습소가 되어 주었다. 가까운 시내로 나가기 위한 모스타김 이용료는 500~600투먼으로 우리나라 버스비도 되지 않는다. 하지만 원하는 목적지까지 정확하게 가지는 못한다는 것이 함정이다.

다르바스트는 합승을 하지 않은 채 혼자 타는 택시라고 할 수 있다. 그런 면에서는 모스타김보다는 훨씬 편하지만 가격이 비싸다. 아직까지 미터기 체제가 없는 이란에서는 사람들 사이에 형성된 암묵적인 가격이 미터기의 역할을 대신하는데 특히 외국인에겐 부르는 게 값이라 처음에는 우리나라 돈으로 30,000원, 많게는 50,000원까지 내기도 했다. 정말 바보 같은 나였다!

마지막으로 어전쓰가 이란의 공식택시라고 할 수 있다. 어전쓰는 외관부터 모스타김과 다르바스트와는 달리 택시인 것이 확연하게 티가 난다. 어전쓰는 공인된 어전쓰 택시회사에서 운영하

NO SMOKING

는데 우리나라의 콜택시와 비슷해 전화로 택시를 부를 수 있다.

이란에 도착한 첫날, 나는 기숙사에 짐을 대충 풀고 있었다. 이란에서 KOTRA 인턴십 중인 후배 진주가 함께 밥을 먹기 위해 우리 기숙사로 왔다. 첫날이라 들뜬 우리는 나가서 택시를 잡으려고 서 있는데 암만 기다려도 택시처럼 보이는 승용차는 오지 않았다. 근데 진주가 대뜸 아무 차나 골라 타는 것이 아닌가. 순간 나는 위험하다며 진주를 다그쳤다. 그런데 알고 보니 이란의 모스타김과 다르바스트는 일반 차량의 외관을 유지한 채 영업을 한다. 즉 택시처럼 보이지 않는다. 전혀! 택시기사들 대부분은 낮에 다른 일을 하고 자신의 승용차를 이용해 밤이나 휴일에 '투잡two job'을 뛰는 것이다. 여기서 이란의 슬픈 현실을 알 수 있다. 고질적인 실업난과 설상가상으로 매우 낮은 임금문제가 심각하다. 즉 한 가지 직업으로 생계를 이어가기 힘든 가장들, 대학생들이 주로 자신의 차를 이용하여 모스타김, 다르바스트 일로 생활비를 벌고 있는 것이다.

나는 이란의 낯선 도로사정과 저렴한 택시비에 반해 평소에도 택시를 애용하는 편이었다. 그러면서 다양한 기사아저씨들을 만나고 그들과 얘기를 나누었다. 그들과 우정을 쌓으며 살아있는 이란을 접했고, 덩달아 이란어도 배웠다. 대개 그들의 입에선 이란의 슬픈 현실을 토로하는 얘기가 많이 흘러나왔다.

몹시 춥고 폭설이 내리던 어느 날, 남루한 옷차림을 하고 낡은 택시를 운전하던 기사아저씨를 만난 건 학교를 마치고 커피숍을 찾아가는 길이었다. 아저씨는 한눈에 보기에도 병색이 완연해 보였다. 택시 안은 답답한 히터 바람으로 이미 후끈후끈해 있어서, 타자마자 머리가 아플 정도였다. 근데 두터운 점퍼를 입고 있던 아저씨는 말하기도 힘겨운 듯 보였다. 그날따라 테헤란에 내린 폭설로 20분이면 가는 곳을 한 시간이 넘게 걸려 도착했다.

시간이 차츰 길어지기 시작하자 우리는 대화를 나누는 것으로 침묵을 깼다. 아저씨는 틈틈이 생수통의 물과 함께 초록색 알약을 연신 드셨다. 내가 오늘 일은 그만하고 집에 가서 쉬라고 말씀드리니 아픈 아이도 있고, 자신 역시 아프기 때문에 일을 해야만 한다고 하셨다. 슬픈 이야기를 너무도 담담하게 말하는 아저씨의 초월한 듯한 말투 때문인지 난 더욱 슬펐다. 그날따라 길은 너무도 막혔고 그럴수록 아저씨의 검어지는 얼굴색과 가빠지는 호흡에 마음이 너무 아팠다. 한편으로 내가 지금 아무렇지 않게 누리고 있는 것들에 대한 감사함을 느꼈고, 사정도 모르고 집에 가서 쉬라는 말을 철없이 내뱉은 나 자신을 반성하며 돌아보게 되었다.

정말 감사하게도, 나는 이란에서 좋은 곳을 경험하고 맛있는 것을 먹으며 즐겁고 행복한 경험들만 할 수 있었지만, 이처럼 살아있는 이란의 모습을 직접 듣고 겪을 수 있었던 것은 또 다른 행복이었다. 하지만 기쁨이 있는 곳에는 동전의 양면처럼 항상 삶의 고난과 슬픔이 공존한다는 것을 깨달았다. 이란에는 교육을 받지 못해 거리로 내몰리는 아이들과 가파른 인플레이션으로 가정을 지키기 힘들어 두세 개의 직업을 번갈아가며 하루 종일 일하는 가장들이 있었다. 내가 만났던 모든 이들의 행복을 바란다.

'택시'하면 가장 생각나는 이가 또 있다. 나는 어전쓰를 많이 타고 다녔는데 '두마 어전쓰'라는 회사를 자주 이용했다. 두마 어전쓰를 자주 이용하면서 데스크에 앉아 일하는 레저와 베스트 프렌드가 되었고, 매일 안전하게 학교에 데려다 주던 아핫드 아저씨와는 말 그대로 나이를 뛰어넘는 친구가 될 수 있었다. 학교 가기 전, 두마 어전쓰에서 레저와 이야기를 나누고 차를 마시며 아핫드 아저씨를 기다리는 시간은 항상 신나는 시간이었다. 이란을 떠나는 날엔, 아저씨와 헤어지는 것이 아쉬워 택시 안에서 펑펑 울었던 기억이 난다. 실컷 우느라 막상 준비해 간 한국 기념품과 편지도 전해 드리지 못해 다음 날 전해 드렸을 정도였다.

이란을 다시 방문했을 때, 두마 어전쓰에 놀러 갔다. 아침에 일하는 아핫드 아저씨는 볼 수 없었고, 레저가 아저씨에게 전화를 해줘 비터가 다시 왔다며 내 소식을 전해 주었다. 아핫드 아저씨는 내가 준 기념품과 녹차가 고마웠다는 말만 백 번은 넘게 하셨다. 그리고 다음 날 두마 어전쓰를 지나가는데 저기, 아저씨의 프라이드가 보였다. 나는 반갑게 달려갔고 아저씨도 반갑게 맞아주셨다. 내가 좋아했던 아저씨의 순박한 미소가 가장 먼저 눈에 띄었다. 사실 아저씨는 우리가 흔히 말하는 아저씨 또래는 아니었지만, 예순이 넘은 나이에도 아침마다 어전쓰를 몰고 도로의 무법자들과 달리 항상 안전운전을 하시는 젠틀맨이다. 아저씨

는 자식들에게 부담이 되기 싫어 아침마다 운전을 시작하셨다고 했다. 좁은 차에 오래 앉아있다 보니 다리가 저려 중간중간 신호에 걸릴 때마다 다리를 주무르신다. 늘 고되고 힘든 테헤란 시내 운전을 하면서도 싱글벙글 웃으시는 아저씨의 미소에서 학교에서는 결코 배울 수 없는 여러 감정들을 배울 수 있었다. 그런 아저씨를 평생 기억하기 위해 우리는 기념사진을 찍었다. 다시 헤어지는 순간에 나는 아저씨께 나를 잊지 말아 달라고 말했다. 또 청승맞게 눈물을 흘리면서도 꼭 이란에 다시 올 거라고, 그때까지 건강하시라고 말씀드렸더니 환하게 웃으시며 인사하셨다.

"인샬라!"

아핫드 아저씨! 또 한 번 제가 이란에 갈 때까지 건강하세요. 아저씨의 멋진 프라이드를 타고 상쾌한 아침 학교에 또 가고 싶어요. 아저씨 덕분에 학교로 가는 매일 아침길이 행복했습니다.

۱۱ ی ۴۷۱ ۲۲

## 압구정 날라리? 니여바런 날라리!

내가 이란의 수도 테헤란에서 생활한 곳은 테헤란 북쪽에 자리한 '니여바런Niavaran'이었다. '니여바런'이란 말이 주는 부드럽고 조용한 어감이 참 마음에 들었다. 실제로 테헤란에 도착해 맞이한 니여바런도 내 예감과 크게 다르지 않았다. 그렇게 나는 금방 '니여바러니니여바런에 사는 사람'가 되었다. 이제는 눈을 감고도 생생하게 니여바런 곳곳이 생각나고 그 풍경과 사람들이 눈에 그려진다. 내 고향처럼 늘 그리운 곳이 되었다.

네 번째 이란에 갔을 때도 니여바런을 찾았다. 매번 니여바런에 들렀지만 여름이 되어 다시 찾은 니여바런은 이전과 달리 정겹고도 신선한 느낌이었다. 테헤란에 도착하자마자 기숙사가 있는 니여바런과 전에 다녔던 학교를 찾아갔다. 수없이 오가던 곳이었지만, 겨울에만 지내서 그런지 여름의 니여바런은 하얀 눈옷을 벗고 푸른 생명력을 내뿜고 있었다.

기숙사 앞은 언제나 군것질 천국이었다. 아쉽게도 낮에 가서인지 좋아했던 아이스크림집 두 곳은 문을 닫았다. 두 아이스크림집은 경쟁업체였는데 우리가 다른 집에서 아이스크림을 사먹으면 다른 한곳의 아이스크림집 아저씨는 우리에게 화내는 시늉을 하며 삐치기도 했다. 정말 니여바런은 이런 모습 하나하나까지 사랑스러운 동네다.

유일하게 문을 활짝 열고 나를 반겨주던 곳은 '차만'이란 가게다. 여긴 샌드위치가 정말 맛있는데, '점보네 타누리jumbone tanuri'가 특히 맛있다. '점본'은 얇게 저민 햄이라는 뜻이고, '타누리'는 오븐을 뜻하는 것인데 오븐 속에서 쫄깃하게 녹아나오는 하얀 치즈를 가득 품은 모양새부터 코를 자극하는 향긋한 냄새 그리고 환상적인 맛을 자랑하는 최고의 샌드위치다. 한입 물고 있자니, 지난겨울에 함께 점보네 타누리를 먹었던 녀석들이 생각났다. 점보네 타누리는 성인 남자의 팔뚝만한 크기라 혼자 다 먹기 벅차다. 그때 함께였던 서욱이나 예진이와 늘 하나를 반으로 갈라 호호 불며 먹던 점보네 타누리를 여름에 먹으니 또 다른 맛이었다. 충실히 쌓이고 있는 이란의 추억이 첨가된 맛이랄까. 같이 먹던 맛있는 음식, 같이 듣던 음악, 같이 만났던 사람, 같이 찾아갔던 장소들처럼 좋은 사람과 함께했던 것들은 그 이상의 의미로 다가온다. 그때 함께했던 이의 표정이, 말투가, 체온이 한꺼번에 떠오르게 하는 강한 힘을 지닌다고나 할까. 마찬가지로 이란 생활을 생각하면 당시 함께했던 좋은 사람들이 생각나고 그들의 안부가 궁금해진다. 차만의 점보네 타누리는 바로 그런 추억의 맛이었다.

가게 안으로 들어가니 계산대를 지키던 할아버지가 나를 반

겼다. 할아버지는 날 기억하며 물어보셨다.

"점보네 타누리 먹을 거지?"

몇 달 만에 온 나를 더 반가워하거나 덜 반가워하지 않고 딱 평소만큼만 반가워해 주시는 것 같아 더 좋았다. 분명 아저씨도 내 소식이 궁금했을 것이다. 그렇게 마음대로 생각해 버린다. 내 취향도 기억해 주는 다정한 할아버지부터, 니여바런은 모든 것이 그대로였다. 니여바런은 어느새 나에게 제2의 고향이 되었다. 니여바런 공원의 낯익은 슈퍼도, 눈가게도 모든 것이 그대로였다.

기숙사를 둘러보고 학교로 발길을 옮겼다. 등굣길에 있는 '마말리'라는 주스가게에 들러 오렌지와 파인애플 혼합주스를 마셨다. 언제나 환상적인 맛이다. 이 집의 오렌지와 파인애플 앙상블은 언제나 최고다. '아, 정말 정겹다.' 이 정겨운 곳을 다시 떠나야 한다는 사실이 믿기지 않았다. 비록 학교 문은 굳게 닫혀 있었지만, 대신 푸른 녹음이 청명한 하늘과 맞닿아 전보다 더 푸르게 보이는 학교는 새삼 새로웠다. 한국으로 돌아갈 날만 손꼽아 기다리며 등교하던 이 학교가 이토록 다시 다니고 싶을 줄이야! 아침마다 비몽사몽 오갔던 곳에 다시 서니 비드골리 교수님, 썸 교수님 그리고 나의 모든 이란 친구들이 그립기 시작했다. 그 그리움만큼 내 추억이 쌓인 것이다. 이렇게 추억이 그리운 이유는

그 시절 내가 겪었던 그 감정들과 시간은 절대 돌아오지 않는다는 걸 알고 있기 때문일 것이다. 가만히 이런 생각을 하고 있자니 내가 지금 보고 있는 풍경과 내 옆의 이들이 보다 소중하게 다가왔다.

내가 기억하는 니여바런의 첫인상은 이랬다. 니여바런 초입의 큰 오르막길을 올라가면 양옆으로 유럽풍의 웅장한 건물들이 솟아 있고 조금은 휑하지만 뒷산이 니여바런을 포근히 감싸고 있다. 내가 지낼 기숙사에서 5분 거리에는 숲이 우거진 니여바런 공원이 있고, 기숙사 맞은편에는 귀여운 구멍가게들이 옹기종기 줄 맞춰 자리하고 있다. 구멍가게에서는 온갖 군것질거리와 내 키만큼 뽑아낸 맛있는 아이스크림을 팔았다. 인심 좋은 가게들이 줄지어 있는 정겨운 동네 풍경이 무척 맘에 들었다. 기숙사 바로 앞에는 버스정류장이 있는데 마침 하교하던 중고등학생들이 버스 밖으로 쏟아져 나오며 주고받는 재잘거리는 수다소리와 기분 좋게 내리쬐는 예쁜 햇살이 내가 생각하던 이상적인 동네 풍경과 정확히 일치했다. 그러니까 나는 처음부터 니여바런이 퍽 마음에 들었다.

그. 런. 데!

기숙사에서의 첫날밤이었다. 긴 여행으로 인한 여독과 긴장감 그리고 설렘으로 잠이 오지 않아 일찌감치 불을 끄고도 우리는 대부분 뒤척이고 있었다. 그런데 어디선가 들려오는 굉장한 소음이 겨우 들기 시작한 잠을 깨웠다. 경쟁하듯 울려대는 자동차

경적과 사람들의 웅성거리는 소리가 조용한 방 안을 소란스럽게 침범하기 시작했다. 몽롱한 상태로 겨우 일어나 창문을 여니 믿지 못할 광경이 펼쳐져 있었다. 깜짝 놀라 눈을 비비며 몇 번이고 다시 볼 수밖에 없었다. 영화에서나 볼 법한 때깔 좋은 슈퍼카들이 학교 기숙사 앞 도로를 가득 메우고 있었기 때문이다. 처음에는 '이것이 바로 악명 높은 테헤란의 교통정체구나!'라고만 생각했지만 시계를 보니 곧 12시가 다 되어 가는 야심한 밤이었다. 나는 이렇게 조용한 동네 니여바런이 왜 하필 이 시각에 들썩이는지 이유가 몹시 궁금해졌다. 그리고 일주일쯤 지났을까, 함께 간 후배들과 동네 탐색 중 니여바런 공원 안의 '아미르 초콜릿'이라는 커피숍을 찾아냈다.

아미르 초콜릿은 우리의 아지트와 같았던 곳인데 차를 주문하면 함께 주는 초콜릿 웨하스wafer가 일품이었다. 배고플 때는 염치 불구하고 초콜릿 웨하스를 다섯 접시나 먹기도 했다. 그래서인지 나중에는 우리가 오면 알아서 초콜릿 웨하스를 접시 한 가득 담아주기도 했다. 그곳에서는 향 좋은 차와 물담배를 같이 즐길 수 있는데 커플들의 데이트 장소로 많이 애용된다. 싱글이라면 당장이라도 연인을 데려오고 싶을 만큼, 데이트 장소로서 안성맞춤이다.

아미르 초콜릿 안은 푸른 녹음이 우거져 있어서 퀴퀴한 테헤란의 매연과는 잠시 동떨어져 있는 것 같다. 한가하게 낮잠 자거나 사람들에게 다가와 애교부리는 페르시안 도둑고양이들조

차 함께 어우러져 한 폭의 그림이 된다. 이렇게 평온한 곳의 1년은 어떨까. 나는 운 좋게도 아미르 초콜릿의 사계절을 모두 목격했다. 봄, 여름, 가을, 겨울 모두 그 계절대로의 뚜렷한 멋이 드러난다. 서울에서 생활하고 있으면 그곳이 곱절 그립다. 따뜻한 주전자에 담긴 차를 따라 마시면서 물담배를 피우고, 달달한 초콜릿 웨하스를 먹고 있자면 가끔 내가 테헤란에 있는 건지 삼청동의 분위기 좋은 커피숍에 와있는 건지 헷갈릴 때가 많았다. 아미르 초콜릿이 우리의 아지트가 될 수 있었던 또 다른 이유는 와이파이wi-fi 신호가 다른 곳보다 빵빵하다는 것이다. 때문에 우리에게 이곳은 한국과의 소통 창구이기도 했다.

우리는 아미르 초콜릿에서 이란생활에서 빼놓을 수 없는 써

레와 닐루를 만났다. 한눈에 보기에도 눈을 뗄 수 없게 예쁜 처도르 자태를 뽐내는 써레와 닐루는 우리 옆 테이블에 앉은 인연으로 시작해 친구 이상의 관계로 그들의 가족과도 인연을 맺었다. 예쁜 여자를 본능적으로 찾아내는 석호가 써레와 닐루를 보라며 우리의 옆구리를 찔러댔다. 우리가 쑥스러워 하던 석호를 대신 인사를 건넸고, 단숨에 친구가 되었다. 써레와 닐루는 비교적 우리보다 성숙한 외모를 가졌지만 알고 보면 갓 21, 22세가 된 귀여운 동생들이다. 특히 써레네 가족은 우리를 거의 매일 집으로 초대해 맛있는 이란음식과 터키식 커피, 물담배를 직접 만들어 주기도 했다. 그러다 보니 어느 순간 우리는 써레네 대가족의 일원이 되었고, 길지 않은 기간이었지만 기쁠 때나 슬플 때나 함께 울고 웃었다.

그런 써레와 닐루가 우리에게 평화로워만 보이는 니여바런과 아미르 초콜릿에 관한 충격적인 사실을 제보했다. 첫날밤 내 잠을 깨운 소란의 정체는 바로 니여바런의 '도루도루'라는 것. 메이둔을 중심으로 길들이 이어져 있는 이란은 대부분 메이둔에서 돌아 나가는 도로 형태다. 혈기왕성한 청춘남녀가 차를 타고 이 메이둔을 돌면서 흔히 말하는 '작업'을 거는 것을 도루도루라고 한다. 그래서 늦은 밤이면 각종 슈퍼카들이 밀집하고 우리 기숙사 앞에서 아이스크림을 함께 먹으면서 데이트를 즐긴다는 것이다. 소유한 차종으로 남성의 매력을 가늠하는 이란 여성들도 많다고 하니 이것 역시 한국과 크게 다르지 않아 보인다. 멋진 외제

차를 타는 이란 남성이 프라이드를 타는 남성보다 높은 확률로 도루도루에 성공할 수 있다는 슬픈 현실!

이란은 이란력을 사용해서 우리와 년도, 달 그리고 휴일 개념이 다르다. 우리로 치면 일요일부터 일을 시작하고, 금, 토요일을 쉰다. 그래서 우리의 '불금'에 해당하는 '불목'이 되면 도루도루로 니여바런은 몸살을 앓는다. 청춘남녀의 자동차들이 니여바런으로 물밀듯이 쏟아져 들어오고 서로의 짝을 찾는 행렬이 끊이지 않는다. 사실 도루도루는 이란에서 불법이다. 때문에 도루도루 단속이 시작될 때면 언제 그랬냐는 듯 니여바런은 쥐 죽은 듯 조용해지고 다시 본래의 고요한 모습으로 돌아온다.

나는 니여바런의 이런 모습조차 좋다. 젊은이들이 엄격한 사회의 잣대를 벗어나 서로 만나고, 사랑하고, 데이트하는 모습들이 그냥 좋다. 이유는 모르겠지만, 아마 내 또래의 청춘들의 마음은 전 세계 어딜 가도 비슷하지 않을까. 아무리 정부의 억압과 단속이 있더라도 사랑하기 위한 청춘남녀들의 뜨거운 마음은 결코 식지 않을 것이고, 더 강도 높은 제약이 따르더라도 서로를 향한 마음의 전달은 어떠한 형태로든 이루어질 것이기 때문이다. 어디서든 누구든 20대라면, 아니 아직 청춘이라면 치열하게 사랑할 시기고 그래야만 한다고 생각한다.

이란은 겉보기엔 매우 종교적이고 삼엄한 무슬림국가지만 가까이 들여다보면 우리네 사는 것과 별반 다를 것이 없었다. 그래서 더욱 매력적이다. 청춘남녀의 눈빛이 통하는 길엔 종교적, 사회

적, 문화적 환경이 별 장애가 되지 못한다. 그래서 유독 우리 기숙사 앞에는 이란의 미남미녀들이 많았다. 수줍게 손을 잡고 아이스크림을 먹는 것만으로도 행복해하는 커플을 구경하는 것도 무척 재미있고 하도 달달해 부럽기까지 하다. 사실 남녀의 만남이 제약되는 이란에서 부모의 소개 혹은 소개팅이 아니고서는 서로 만날 수 있는 자리가 없는 게 현실 아닌가. 그렇기 때문에 테헤란의 청춘남녀들은 오늘도 아미르 초콜릿에서 비밀스러운 헌팅을 즐기고 니여바런에서 도루도루를 한다.

한국에 압구정 날라리가 있다면 이란에는 니여바런 날라리가 있다!

# 이란을 맛보다

## 이란 사람들은 뭘 먹고 살지?

처음 이란 패스트푸드 햄버거를 보고 깜짝 놀랐다. 크기는 우리나라 햄버거 사이즈의 두 배 정도, 그리고 속재료도 가득가득 차 있는데 얼굴이 조막만한 이란 여성들도 그 햄버거를 가뿐히 해치운다. 그리고 우리처럼 피자 한 판을 주문해 친구들과 나눠 먹지 않고, 1인용 사이즈의 피자를 각자 주문해 먹는다. 미디엄 사이즈의 피자 한 판 정도는 여성들도 거뜬히 해치운다. 또한 샌드위치나 핫도그 역시 거짓말 조금 보태어 성인 팔뚝 굵기 정도이다. 그래서 난 하나를 사도 늘 친구들과 나눠 먹곤 했다. 이란 민족은 대식가임에 틀림없다.

"너넨 왜 그렇게 조금 먹어?"

이란 친구들이 묻는다. 나는 슬플 수밖에 없었다. 난 그들보다 조금 먹었는데도, 날씬하진 않았기 때문이다.

이란인들의 식습관에는 몇 가지 특징이 있다. 확실히 우리와는 그 입맛이 다른 듯하다. 이란인들은 대체적으로 신 음식을 좋아하는데 나는 신맛을 좋아하지 않는다. 제일 싫어하는 맛이다. 신맛! 눈을 찡그리게 되고 퉤퉤거리게 되는 강렬한 맛. 하지만 이란의 모든 음식에는 기본적으로 신맛이 가미되어 있다. 우리나라의 김치에 해당하는 '토르쉬'라는 음식이 있다. 우리가 양배추, 무, 배추 등으로 다양한 김치를 담가 먹는 것처럼 이란인들도 다양한 채소를 사용해 토르쉬를 담근다. 반찬이라는 개념이 없는 이란인들은 대부분 '한그릇 음식넓은 접시에 밥을 담고 케밥이나 주요리를 얹어 먹는다'으로 식사를 하고 거기에 요구르트와 이 토르쉬 정도를 내놓는 상차림을 한다. 토르쉬는 우리가 흔히 먹는 피클과는 비교도 안 될 만큼 시다. 시큼하다는 표현이 더 어울리지만 람싸르에서 여름휴가 때 먹은 양파 토르쉬는 정말 맛있었다. 식초로만 담근 토르쉬라고 하는데 한국의 양파 장아찌와 맛이 비슷했다. 같이 먹은 양고기 케밥의 느끼함을 잡아주는 신선한 맛이었다. 그리고 이란의 대표 과일이기도 한 석류를 생으로 짜낸 주스도 많이 먹는데 이란인들의 대표 간식이기도 하다. 그래서 곳곳에 석류주스만 전문으로 파는 석류주스 전문점이 많다. 처음 먹어 본 석류주스의 맛은 '오, 마이 갓!' 정말 시다. 눈물이 날 만큼 시다. 하지만 이란인들은 받아든 석류주스를 벌컥벌컥 들이킨다. 신맛을 좋아하는 이란인들은 레몬도 즐겨 먹는다. 참고로 이란의 수원水源은 기본적으로 석회가 포함된 석회수가 대부분인데, 이 석회 성분을 신 음식들이 중화해 주는 작용을 한단다.

또한 이란인들은 플레인 요구르트도 즐겨 먹는다. 여기서 요구르트는 우리가 먹는 요구르트가 아닌 하얗고 걸쭉한 '순수' 플레인 요구르트를 말한다. 이란인들이 즐겨 마시는 '두그'라는 음료수가 있다. 처음 봤을 때는 페트병에 든 하얀 음료를 보고 '우유를 왜 페트병에 넣어서 팔지?'라고 생각했다. 그리고는 앙증맞은 외관에 속아 단숨에 들이켰다가 모두 뿜어내고 말았다. 그 맛을 설명하자면 아무 맛도 가미되지 않은 생요거트를 물에 섞어 숙성시킨, 말로 표현하기 힘든 오묘한 맛이었다. 나에게는 오묘한 맛일지라도 이란인들에게는 막걸리만큼이나 구수하고 친숙한 맛인가 보다. 어떤 음식점, 어떤 가정집이든 가는 곳마다 음식과 함께 이 두그를 즐겨 마시고, 어린아이들도 곧잘 먹는다. 그래서인지 변비로 고민하는 이란인들이 적다는 이야기도 있다. 그리고 이란인들은 모든 음식에 치즈와 버터를 가미해 먹으며, 생요거트인 '머스트'를 매끼마다 먹는다. 머스트는 순수한 요구르트라고 보면 된다. 이 머스트에 잘게 다진 오이나 양파, 민트 등 채소를 섞어 샐러드로 먹기도 하고 빵에 찍어 먹기도 한다.

또 한 가지, 이란인들은 유난히 패스트푸드를 즐긴다. 여기서 패스트푸드는 모든 종류를 아우른다. 피자, 햄버거, 샌드위치는 말할 것도 없고 특히 케첩, 마요네즈를 모든 음식과 함께 먹는다. 이란인들은 음식을 짜게 먹는 편인데 우리처럼 자극적으로 매운 맛과는 달리 강한 맛을 좋아하는 편이라, 매운 맛에는 약한 편이다. 그래서 거의 모든 음식점에 가도 소금과 케첩은 기본적으로 테이블에

놓여 있다. 밥에 소금을 뿌려 먹기도 하고 케첩을 뿌려 먹기도 할 정도로 이란 사람들은 독특하게 간을 맞춘다.

어느 곳을 여행하든지, 가장 쉽고 친근하게 즐길 수 있는 문화가 바로 음식문화다. 이란음식이 입에 잘 맞을 수도, 그렇지 않을 수도 있다. 이란의 전통음식부터 현재 이란인들의 삶에 녹아 있는 그들 스타일의 패스트푸드까지 다양한 음식을 먹어 보는 것이 가장 좋은 방법이다. 혹시 이란에 가게 된다면, 풍부한 유제품을 실컷 먹고 오길 바란다. 특히 '진짜' 순수 요거트 맛을 아주 싼 가격으로 즐길 수 있을 것이다.

이란에 와서 가장 힘들었던 것은 이질적인 문화나 더운 날씨에도 꼭 써야 하는 루싸리가 아니었다. 바로 음식이었다! 비위가 아주 약한 편이었던 나는, 이란 특유의 향신료 냄새가 나는 음식 대부분을 먹을 수 없었는데 그 흔한 햄버거와 피자에서도 설명하기 힘든 시큼한 이란 향신료 냄새가 묘하게 나는 것 같아 먹기 힘들었다.

사람은 기본적인 의식주가 충족되어야 살 수 있다. 치열하게 사냥하여 먹을 것을 구하는 사자나 치타와는 안정성을 추구한다는 점부터 다르다. 매일 귀가하는 집이 있다는 것, 마음에 드는 옷을 입는 즐거움을 누리는 것, 맛있는 음식을 먹는 행복을 느끼는 것, 이 세 가지만 있다면 인간은 최소한의 행복을 누리면서 살 수 있다. 기본적인 의식주는 사람을 안정적으로 살게 하는 필수요소인 셈이다.

그중에서도 나는 '식'을 매우 중요시하는, 본능에 충실한 사람이다. '잘 먹는 게 잘사는 것'이라는 우리 집 가풍에서 비롯된 것인데, 어렸을 때부터 자타공인 최고의 손맛을 자랑하던 할머니와 작은이모의 손맛에 길들여진 나는 서너 살쯤엔 이미 강된장과 호박잎쌈밥의 조화를 사랑했고, 젓갈과 양배추쌈 그리고 누룽지의 구수함을 알았다. 톡 쏘는 탄산음료보다는 집에서 만든 식혜를 사랑했다. 집안 내력대로 잘 먹고 잘 자란 덕분에 내게 음식은 그 무엇보다 큰 의미였다.

테헤란에서는 화려하고 깔끔하진 않지만 나에게 따뜻한 잠자리를 제공해 주는 기숙사가 있었고, 루싸리 쓰는 법을 어느 정도 익히고 모든 쇼핑센터를 섭렵하며 의복을 구매하는 행복을 느끼면서 '의'와 '주'에서 얻는 안정감과 행복을 느낄 수 있었다. 하지만 문제는 내가 젤 중요하게 여기는 가치인 '식'이었다.

나는 내가 까다로운 입맛이라고는 생각해 본 적이 없었다. 해외여행을 다닐 때도 특이한 음식을 먹어 보는 것만으로도 여행의 가장 큰 즐거움을 찾았다고 생각했다. 일부러 이태원의 그리스음식, 아랍음식, 아프리카음식 등을 찾아 꽤 맛있게 먹었다. 이렇게 먹는 것엔 자신있었는데 그것이 나의 자만이었던 것일까? 음식이 날 힘들게 할 줄이야!

이란음식을 사랑하기는 생각보다 더 힘들었다. 한 달이 안 되어, 가지고 간 고추장과 라면이 바닥을 보이고 있었다. 생각해 보니 이란인이 한다는 명륜동의 모 카레집을 자주 다녔던 것이 내 실수였다. 나는 그 집 카레를 정말 사랑했지만 그럴수록 이란음식이 모두 그럴 것이라는 착각을 하게 만들었다. 이란에 가면 그때 먹었던 따끈따끈한 눈Nun과 카레가 있을 줄 알았으니 얼마나 사전조사가 부족했단 말인가? 단언컨대 그 카레는 이란음식이 아니다. 어느 정도 이란 향신료가 들어간 것은 맞으나 이란인이 이란 향신료를 이용해 한국인의 입맛에 맞게 만든 카레 정도이다.

이란인들은 주로 육식을 하는 편인데, 매일 두 끼 정도는 고기를 먹는다. 게다가 반찬의 개념이 없다. 넓은 그릇에 밥을 담고 그 위에 고기를 올리는 정도이다. 이렇게 육식을 즐겨 하는데도 그만큼 살이 찌지 않는 이유는 매끼마다 먹는 요거트와 올리브 그리고 토마토 덕인 듯하다. 고기를 먹을 때는 대부분 고수잎 몇

장과 레몬도 함께한다. 또한 많이 알려져 있듯이 이들이 먹는 고기는 무슬림식 도축하랄과정을 통한 고기만 먹는다. 하랄halal이라는 것은 오랜 전통에 따른 무슬림식 도축방법으로 도축과정에서 고기에 피가 묻지 않도록 하는 방법을 말한다. 그리고 기본적으로 무슬림은 돼지고기를 먹지 않는다. 그래서일까? 유독 이란에 있을 때, 불판에 지글지글 구운 삼겹살이 가장 먹고 싶은 음식 중 하나였다.

학교와 기숙사에서 기본적으로 하루 세 끼를 해결할 수 있었는데, 학교에서 제공되는 음식은 종류가 서너 가지밖에 되지 않았다. 쿠비데Koobideh, 고기를 갈아 구운 것, 우리나라의 떡갈비와 비슷하지만 맛은 전혀 다르다와 주제 케밥Jujeh Kebab, 닭고기를 구운 것, 하지만 향신료 냄새 덕분에 닭의 맛은 잘 느낄 수가 없다, 고르메 사브지Ghormeh Sabzi, 야채를 푹 고아 끓인 것 정도였는데, 내 입맛에 맞지 않는 음식들이 대부분이라 매일 그것들을 먹어야 한다는 것이 괴로웠다.

그래서 나는 매일 과자와 우유, 요거트, 그리고 과일로 끼니를 해결할 수밖에 없었다. 살 찔 일이 없어서 좋았지만 맛있는 음식을 먹지 못한다는 심경은 말로 설명할 수 없이 사람을 무력하게 하고 피곤하게 만들었다. 인간이란 적당히 허기만 때우고는 살 수 없는 동물이라는 철학적인 생각까지 하게 되었다.

한국에서 이미 이란음식을 먹어 보았지만 그 음식들은 분명 한국인들의 입맛에 맞게 조금씩 변형되었거나, 아니면 완전히 새로운 한국식 이란음식이었다. 그리고 기분전환 삼아 한 번 먹는 외식이 아닌 매일 세 끼씩 먹는 주식이 되면, 뜨끈한 국물이 있는 한국음식 생각이 점점 간절해진다. 밥이 맛있으면 반찬이 부실해도 두 그릇은 뚝딱 비우기 마련인데 엎친 데 덮친 격으로 밥까지 문제였다. 이란의 쌀은 한국을 포함한 동아시아에서 먹는 점성 좋고 찰진 쌀이 아니라 바람만 불면 밥알이 후두둑 흩어지는 안남미인데다 조리법도 우리와 다르다. 밥통에서 찌는 형식이 아닌 기름으로 볶듯이 요리해 밥 자체에서도 약간은 비릿한 기름 냄새가 난다. 그것도 모자라 이란인들은 그 밥에 또 한 번 버터를 비벼 먹는다. 밥까지 입맛에 맞지 않으니 정말 죽을 노릇이었다. 또 한 가지, 이란인들은 샤프란Saffron으로 노랗게 염색한 밥을 흰 밥 위에 얹어 데코레이션을 하고 그 위에다 '제레쉬크Zereshk'라는 시큼한 말린 과일을 올려 새콤한 맛을 즐긴다. 보기에는 참 예쁜(?) 이란밥이지만, 숟가락으로 푹 떠서 한입 가득 떠먹던 쫀득쫀득한 하얀 쌀밥이 그렇게 그리울 수가 없었다.

이란에 오기 전 한국음식들을 미리 대량섭취하고 온 탓에 엄청나게 불어난 체중을 빼는 데는 효과적이었지만, 먹는 것을 좋아하는 내겐 삶의 낙 중 제일 큰 한 가지를 잃은 허무한 느낌이랄까. 허전한 마음에 달달한 과자만 먹어대니 배는 불러도 늘 속이 허했다. 같이 온 후배들은 맛있다고 잘도 먹는데 나는 늘 우웩우웩 유난스러운 시늉을 하며 그들의 비위를 상하게 만들었던 게 아직까지도 미안하다. 이제는 케밥이나 쿠비데를 눈에 싸서 즐기기도 하지만 그때는 한국으로 돌아가고 싶을 만큼 나를 힘들게 했던 것이 음식이었다. 돼지고기 목살을 가득 넣어 푹 끓인 엄마표 김치찌개와 담백한 나물반찬이 그리워 눈물이 나곤 했으니…….

그때 난 김치찌개를 상상하며 들고 간 튜브형 고추장을 모든 음식에 뿌려먹으며 나름대로의 위안을 얻었다. 나중에는 나만의 레시피가 생기기도 했다. 양파를 다져 밥과 함께 볶는데, 이란밥은 이미 기름으로 조리되어 있어 볶을 때 기름을 넣을 필요가 없다는 장점이 있다. 볶음밥용으로는 최고다. 그리곤 고추장과 함께 먹는다. 정말 간단한 레시피지만 이란에서 내가 맛볼 수 있는 최고의 진수성찬이었다. 그렇게 이란음식들의 공격 속에서 하루하루를 연명하며 생활하고 있을 때 한줄기 빛과 같은 음식을 발견하게 됐다. 바로 눈이다! 눈혹은 '넌' 이라고 발음하기도 한다은 밀가루에 별다른 첨가물을 넣지 않고 반죽해 즉시 화덕에 구워 낸, 이란인들의 주식이 되는 빵인데 크게 네 종류가 있다.

이란 눈의 종류는 바러바리, 터프툰, 샨가크, 그리고 걸레빵이라고 불리는 라바쉬가 있다. 바러바리는 긴 타원형의 빵에 세로줄이 그어진 모양이며 가장 대중적이다. 터프툰은 조금은 텁텁한 맛이 나고 안이 비어 있어 고기나 채소를 넣어 포켓형 샌드위치를 만들기 용이한 모양이다. 산갸크에서 '산그'는 돌을 의미한다. 돌화덕에 구워 내면 돌 모양이 남아 산갸크라는 이름이 붙었다. 아주 고소한 빵이다. 그리고 마지막 라바쉬는 이란의 거의 모든 요리에 함께 먹는 빵이다. 아주 얇고 조금은 질겨 그 모양새가 걸

레와도 유사하다고 해서 친구들 사이에선 소위 '걸레빵'이라고 불렸다. 이란인들은 이 라버쉬를 요리 밑에 깔아 내기도 하고 음식을 싸먹기도 한다. 특히 요리 밑에 깔린 채 양념이 베어 촉촉해진 라버쉬를 별미로 여긴다.

눈을 떠올리면 가장 힘들었던 일이 기억난다. 이란에서 생활한 지 한 달쯤 되었을 때 나는 크게 탈이 났던 적이 있다. 제대로 먹지 못하니 속이 허했고 점점 추워지는 날씨에 몸이 으슬으슬해졌다. 뭐라도 먹기만 하면 토하고 어지러웠다. 온몸에서 힘이 쫙 빠져나가 일어설 힘도 없었다. 결국은 기숙사 근처의 동네병원에서 영양제 주사를 맞을 수밖에 없었다. 타국에서 아프니 괜히 서러워 눈물도 나고 투정도 부리고 싶었다. 그 와중에도 제일 간절했던 건 엄마의 밥상이었다. 그러자 신기하게도 엄마의 김치찌개 대신 눈이 떠올랐다. 그것도 화덕에서 갓 구워 낸 따끈따끈한 눈! 속이 썩 좋지 않았지만 제대로 먹지 못해 배가 너무 고팠고 뭐라도 입에 넣어야 살 것 같았다. 같이 가줬던 누님은 의사 선생님 말을 들어야 한다며 바나나를 사왔지만 아플 땐 먹고 싶은 음식이 최고라는 내 고집에 못 이겨 따끈한 눈과 체리잼을 사다 줬다. 어디서 힘이 솟았는지 걸인처럼 눈을 뜯어 먹고 한숨 푹 자고 일어나니 거짓말처럼 깨끗하게 나았던 기억이 난다.

나를 살렸던(?) 이 눈의 맛을 문자로 설명하기는 정말 힘들다. 우리가 흔히 생각하는 빵과 비교해 먹는다면 심심한 맛에 처음에는 실망할 수도 있다. 빵을 보들보들하게 해주고 향을 내주는 각종 첨가물이 들어가지 않아 심심한 맛이지만 그래서인지 씹으면 씹을수록 고소하다. 그리고 가장 좋은 점은 직접 구워 바로 판다는 것이다. 어떤 음식이든 만들자마자 즉시 먹는 것이 가장 맛있다는 것은 진리 아닌가!

눈을 굽는 가게는 이란 전역에서 쉽게 찾을 수 있다. 크고 화려한 간판은 없지만 눈가게 앞에 턱 하니 걸려 있는 눈의 실제모형이 눈가게라는 것을 말해준다. 그리고 대개 가게마다 한 종류의 눈만 특화해 판다. 특히 커다란 바러바리를 파는 눈가게를 가장 쉽게 볼 수 있다. 금방 구워져 뜨끈뜨끈할 때 쭉 찢어 먹으면 담백하고 고소한 풍미가 일품이다. 내가 사랑해 마지않은 눈이지만 한 가지 아쉬운 점을 꼽자면 아무 때나 구입할 수 없다는 점이다. 눈을 구워 파는 시간이 따로 정해져 있기 때문에 영업시간에 맞춰 가지 않으면 살 수 없다. 혹은 가끔 남은 빵을 팔기도 하는데 그 맛과 향이 날아가 눈의 맛을 제대로 즐기기 힘들다. 아침, 점심, 저녁 세 번의 끼니때에 맞추어 눈을 굽고 파는데 그때가 되면 눈가게 앞 긴 '인간띠'의 진풍경을 볼 수 있다. 어떤 이들은 열 개가 넘는 눈을 양손 가득 들고 가기도 하고, 어떤 이들은 화덕에서 구워 타거나 이물질이 묻은 눈의 밑 부분을 솔 같은 것으로 열심히 제거하기도 한다. 눈가게 앞에서는 이란의 생생한 일상풍경을 만날 수 있다. 집에서 기다리고 있는 식구들을 위해, 혹은 식사 준비를 하고 있을 아내를 생각하며 양팔 가득 눈을 안은 채 급하게 집으로 향하는 그들의 뒷모습에 노을빛이 따뜻하게 비친다.

또 하나, 눈이 기특한 것은 가격이다. 눈은 가난한 이들의 주식이기도 해서 눈을 만드는 밀가루에는 정부의 보조금이 제공되기 때문에 가격도 매우 착한 편이다. 큰 눈 하나에 우리 돈으로 500원 정도밖에 하지 않는다. 친구들과 둘러앉아 같이 먹어도 세 명 정도의 배는 충분히 부르게 해주니 우리에겐 고마운 간식거리였다.

눈은 팔색조 같은 매력을 가지고 있다. 무한 변신이 가능하다는 것! 우유와 먹으면 든든한 한 끼로 손색이 없고 이란의 다양한 잼이란의 잼은 상상을 초월할 정도로 가짓수가 많다. 꽃으로 만든 꽃잼도 먹어 볼 수 있다, 치즈, 견과류와 곁들여 먹으면 그 자체로 별미였다. 꿀과 견과류를 곁들여 돌돌 말아 먹기도 하고, 오이와 토마토를 싸먹으면 샌드위치 비슷한 맛이 난다. 하지만 내가 가장 사랑했던 레시피는 꿀크림어떻게 설명해야 할지 모르겠지만 꿀맛이 나는 크림이다을 눈에 발라 먹는 방법이다. 이란어로는 '커메예 아쌀'이라고 한다. 이 꿀크림만 있으면 나는 눈 하나도 거뜬히 해치울 수 있다.

워낙 큰 크기 탓에 처치곤란이었던 남는 눈은 미련 없이 버리곤 했는데, 기숙사 친구들은 남는 눈을 냉동실에 얼려 두었다가 차 끓일 때 주전자 위에 올려 해동시켜 먹기도 했다. 이처럼 눈은 이란인들에게 한국의 누룽지 정도 되는, 구수한 정이 살아있는 음식이다. 이란의 시골에 가도 할머니, 할아버지들이 차와 눈을 내어주며 여행객을 맞이해 준다. 특히 추울 때 먹는 따끈한 눈은 어렸을 때 시골에서 할머니가 끓여 주시는 누룽지가 생각난다.

한국으로 돌아와 그 맛이 생각날 때가 한두 번이 아니었다. 눈 생각이 날 때면 혹시나 하고 눈을 닮은 빵을 사먹어 보지만 눈가게 화덕에서 막 구워져 나온 눈의 맛은 절대 흉내 낼 수 없었다. 누군가 내게 이란의 맛이 어떤가 물어본다면 눈의 맛을 열심히 설명해주곤 한다. 이란에서 나를 살린 8할은 눈이었다!

## 달콤한 마법, 쉬리니

매일매일 먹어도 질리지 않는 '쉬리니'는 이란에서 달콤한 음식 모두를 칭하는 말이다. '쉬린'은 형용사로 '달콤한'이라는 뜻을 갖고 있는데, 그 뜻과 어감이 예뻐 여자이름으로도 많이 쓰인다. 이란에서는 케이크도 쉬리니, 쿠키도 쉬리니, 머핀도 쉬리니라고 부른다. 그리고 아이들의 귀여운 애교에도 달콤하다는 뜻의 이 '쉬린'을 사용한다.

나는 빵집이 보이면 무작정 들어가고 보는 케이크 마니아이다. 헌데 참새가 방앗간을 어떻게 그냥 지나칠 수 있으랴. 이란에서도 쉬리니가게들을 그냥 지나칠 수가 없었다. 그래서인지 처음 음식이 맞지 않아 조금 빠졌던 살이 쉬리니의 매력에 빠진 이후론 다시 원상복구된 채 한국으로 돌아왔다. 내가 매일 쉬리니가게에 들를 수 있었던 이유는 쉬리니의 착한 가격 때문이었다. 조각케이크 하나에 평균 3,000~6,000원 사이였던 한국의 가격대에 비해 유학생의 주머니 사정에도 부담이 없어 종류별로 새로운 쉬리니를 맛보는 것이 일상의 큰 낙이었다.

이란인들의 셈 방식은 두루뭉술한 경우가 많은데앞에 말했듯이 택시에도 미터기가 없다 쉬리니 역시 독특한 방법으로 셈해 팔고 있다. 한국처럼 케이크 하나하나에 가격이 책정되어 있는 것이 아니라 무게를 달아 파는데 특이하게도 종류에 상관없이 kg당 가격을 책정해 판다. 물론 케이크의 크기는 한국의 케이크와 비교하면 훨씬 작다. 대부분 한입 사이즈로 잘린 정사각형 모양의 케이크이다. 진열되어 있는 쉬리니 중 먹고 싶은 것들을 골라 0.5kg이나 1kg짜리 박스에 담고 한꺼번에 무게를 달아 계산하는 방식이다. 셈이 팍팍하지 않아 왠지 기분이 좋아진다. 먹고 싶은 눈빛으로 쳐다보면 한 번 먹어보라며 두세 개는 덤으로 주기도 하고, 가끔은 얻어먹은 것만으로 배가 불러질 때도 있었다. 언제나 넉넉한 인심은 손님을 기분 좋게 한다.

0.5kg짜리 작은 박스에 가득 담아도 3,000~4,000투먼밖에 하지 않는다. 우리 돈으로 치면 2,500~3,500원 정도인 셈이다. 0.5kg짜리 박스에 내가 좋아하는 패스트리, 잼쿠키, 케이크들을 한가득 담아도 한국의 조각케이크 하나 가격도 안 되는 미친 가격! 작은 박스 하나를 사면 먹성 좋은 후배들 두 명과도 배부르게 먹을 수 있을 만큼 넉넉한 양이다. 늘 푸짐한 양은 사람의 마음까지 푸근하게 해주고, 가득 찬 쉬리니 박스를 보고 있으면 그렇게 기분이 좋을 수가 없었다. 그중 내가 가장 좋아하는 쉬리니는 '밀푀유Mille-Feuille'라는 패스트리였다. 층층의 패스트리 사이마다 크림이 듬뿍 발린 이 맛난 아이를 이란에서 발견하다니! 밀푀유는 이란의 대표적인 쉬리니 중 하나인데 어느 쉬리니가게에 가

도 반듯한 네모 모양으로 잘린 밀푀유를 살 수 있다. 물론 그 모양새는 고급 베이커리에서 보는 것과는 사뭇 다르다. 그래서 '이게 밀푀유 맞아?'라는 의심을 가질 수도 있다. 한입 베어 물면 크림의 달콤한 맛과 바삭바삭하고도 촉촉한 패스트리의 맛이 영락없이 '그 밀푀유'가 맞을 수밖에 없다!

이렇게 쉬리니가 저렴하게 팔릴 수 있는 이유는 밀가루에 정부의 보조금이 지원되기 때문이다. 이란인들의 주식이라고 할 수 있는 눈이 엄청난 크기에도 싼 가격에 팔릴 수 있는 것처럼 쉬리니에 들어가는 밀가루에도 보조금이 지원된다. 하지만 이 가격도 예전과 비교하면 많이 오른 가격이라고 하니 이란의 물가를 감안했을 때, 현지인들에겐 그렇게 싼 가격이 아닐 수도 있다. 그리고 현 정부의 재정부담으로 인해 다양하게 지원되던 정부보조금이 단계적으로 철폐되고 있는 시기라고 한다. 선배들의 이야기를 들어 보면 불과 5~10년 전만 해도 이란의 기본 물가는 상상할 수 없을 만큼 낮았다고 하니 이란의 경제상황도 급변하는 중인 듯하다.

이란인들은 신맛과 단맛을 특히 좋아한다. 그래서인지 쉬리니 가게는 항상 쉬리니를 사러 온 사람들로 북적인다. 특별한 날을 맞아 케이크를 사러 오는 손님도 있고 차와 함께 먹기 위한 쉬리니를 사러 가게를 찾는다. 테헤란에서 유명하다는 몇몇 쉬리니가게에 가 보았는데, 유제품이 풍부한 이란의 치즈케이크는 그 어떤 곳을 가도 맛있다. 치즈를 가득 넣은 그 진함이 말로 설명할 수 없을 만큼 고소한데, 한국의 치즈케이크가 싱겁고 밍밍하게 느껴질 정도로 진하다.

우리 기숙사 근처에도 작은 쉬리니가게 두 곳이 붙어 있었는데, 그곳에 들러 쉬리니를 매일 사먹었다. 아니면 니여바런 공원으로 산책하러 나가면 늘 종착지는 근처의 쉬리니가게였다. 물론 맛있는 쉬리니들이 먹고 싶은 마음도 있었지만 구경거리들이 많다는 점도 한몫했다. 이상하게 쉬리니가게에 가면 마음이 푸근했다. 예전에 엄마 손잡고 가던 동네 빵집처럼 정겨운 기분이 들었기 때문일까. 조금은 촌스러운 데코레이션과 투박한 쉬리니들을 보고 있으면 잔뜩 멋 부리고 세련된 케이크들보다 좋았다.

그 많은 쉬리니가게 중 내가 가장 좋아하고 즐겨 찾던 집은 '러단'이다. 고풍스러운 외관에 규모가 큰 편이라 쉬리니 종류도 많아 자주 들렀다. 맛도 맛이지만 이곳의 종업원들은 늘 친절해 다시 가고 싶게 만들기 때문이다. 난 패스트리 케이크를 사러 러단에 자주 갔는데 친구 집에 초대받거나 친구들의 생일 때 선물하면 늘 인기 만점이었을 정도로 맛도 인기도 좋다. 가끔 이유 없이 우울할 때도 이 케이크를 사다 혼자 먹으면 금방 기분이 좋아지기도 했다.

견과류를 즐겨 먹는 이란인들은 테헤란 전역에 매장을 갖고 있는 견과류 전문점 '타바조'에서 견과류를 사기도 하지만 쉬라니가게를 이용하기도 한다. 나는 수많은 견과류 중에서도 피스타치오를 좋아한다. 이란인들은 이 피스타치오를 볶아 소금으로 짭짤하게 간을 해 판다. 하나씩 톡톡 까먹으면 어느새 한 봉지

Ladan
ELECT

STEEL
لادن
Ladan

가 텅 비어 있는 마력의 피스타치오! 그리고 말린 과일의 종류도 아주 다양하다. 키위, 바나나, 오렌지 등 수십 종류의 과일을 말려서 팔기도 한다.

쉬리니가게의 또 하나의 매력은 각 지역을 대표하는 쉬리니들을 맛볼 수 있다는 것이다. 이란 각 지역마다 전통적으로 만들어지던 케르만Kerman, 쉬라즈Shiraz, 이스파한Isfahan 등 타 지역의 대표 쉬리니를 대량으로 가공해 팔기도 하는데, 러단에는 지역 특산 쉬리니의 종류가 많아 지인들에게 선물하기도 했다. 나는 '거즈'라는 이스파한의 쉬리니를 좋아해 가끔 사먹었는데 견과류를 하얀 설탕에 버무려 굳힌 쉬리니다. 한국에 돌아와 가족들과 함께 나눠 먹었는데 가족들 모두 당분간 다시 먹을 수 없다는 사실에 안타까워했다. 일과를 마치고 양념된 피스타치오 한 봉지를 사들고 기숙사로 돌아오는 발걸음이 어쩜 그렇게 가벼웠던지……. 가난한 유학생의 배를 든든하게 채워 주던 쉬리니는 나에게 축복이었다. 다시 이란에 가면 매일 쉬리니가게에 들러 쉬리니의 천만 가지 매력에 빠져 지낼 것이다. 이런, 쉬라니를 소개하다 보니 한껏 달달한 쉬리니가 간절히 그리워지고 말았다.

## 된장녀가 되어도 좋아

별다른 이유도 없이 괜히 우울했던 날이었다. 테헤란의 무더위에 지칠 만큼 지쳤고, 무엇보다 마음이 힘들었다. 이렇게 꽁기꽁기한 마음을 붙잡고 무료하게 아침을 보낼 수밖에 없었던 나는 습관처럼 단 걸 찾았다. 나에겐 최고의 스트레스 해소법이다. 당분이 필요했던 나는 캐러멜마끼아또가 정말 먹고 싶어 눈물이 찔끔 나왔다. '뭘 눈물까지야……'라고 할 수도 있지만 테헤란에서 맛있는 커피 한 잔 먹는 것은 그리 쉬운 일이 아니었다. 그래서 나는 페이스북 친구들에게 스타벅스 캐러멜마끼아또가 먹고 싶다며 징징(?)대기 시작했다. 그러자 초스피드로 달린 이란 친구 '마흐써'의 댓글이 마냥 반갑기만 했다.

샤리아티 스트리트에 가면 스타벅스 커피의 맛을 그대로 재현한 커피를 마실 수 있다는 거였다. 그 리플을 보는 순간 어디서 나온 힘인지 난 모든 무기력함을 떨쳐 내고 샤리아티 스트리트로 갔다. 친구가 그려준 약도대로 찾아가니 머지않아 '커피숍 라이스'가 보였다. 이란은 생각보다 주소체계가 잘되어 있어 정확한 주소만 있다면 길 찾기가 쉬운 편이다. 최근 변경된 우리의 새주소 시

스템처럼 도로명과 건물 번호만으로 찾을 수 있어 훨씬 편리하다.

저기 보이는 라이스 커피의 외관부터 스타벅스를 한껏 따라한 자태에 웃음이 났다. 이미 이란의 짝퉁 KFCKFC와 모든 내외관 디자인이 동일하고 메뉴도 비슷하지만 진짜 KFC가 아니다에 속아 어이없는 닭튀김그것은 치킨이 아닌 그저 닭튀김일 뿐이었다!을 먹어본 적이 있던 터라 마음을 비운 채 아이스 캐러멜마끼아또를 주문했다. 주문한 후 내부를 찬찬히 둘러보는데 카페의 정갈하면서도 아기자기한 소품들을 구경하느라 눈 또한 즐거워져 금세 기분이 좋아졌다. 내부는 매우 좁았는데, 그 좁은 내부를 더욱 좁아 보이게 하는 건 주방 안 다섯 명의 바리스타들 때문이었다. 키 큰 장정 다섯 명이 이리저리 움직이며 그 좁은 주방에서 커피를 만드는 데 10분이 넘게 걸렸다. 적어도 엄청난 정성이 들어간 커피임에 틀림없었다! 가게는 작았지만 '소담하다'는 표현이 어울리는 곳으로 그리 압도적인 멋이 없어도 자꾸만 정이 가는 매력이 있었다.

기대했던 커피가 나오고 한 모금 들이키는 순간 나는 깜짝 놀랐다. 마흐써의 말이 사실이었다. 진짜 한국의 브랜드 커피전문점들의 커피맛과 똑같아 눈물이 날 지경이었다. 목을 축이고선 빨리 외부사진을 찍고 싶은 마음에 '테이크아웃'한다고 말하자 그들의 예쁜 로고가 새겨진 일회용 커피잔에 커피를 따라주었다. 한손에 커피를 들고 거리를 걸으니 이곳이 이란인지 한국인지 분간이 되지 않았다. 살짝 넘어간 루싸리도 신경 쓰지 않고 한참을 산책했다. 그날만큼은 뉴요커도, 빠리지앵도 부럽지 않았다. 나는야 테흐라니!

하지만 계산하는 순간은 다시 우울해질 수도 있다. 커피 한 잔의 가격이 10,000투먼. 우리나라 돈으로 치자면 약 10,000원이 조금 안 되는 정도. 이란의 물가를 감안할 때 상당히 비싼 커피다. 나는 왕복 택시비와 커피값을 포함해 약 30,000투먼을 지불한 셈이었다. 하지만 그곳의 커피를 마시고 행복해진 내 기분의 기회비용을 감안하면 충분히 지불할 수 있는 정도라며 스스로 위로했다.

왜 사람은, 없으면 더 찾게 되고 하지 말라고 하면 더 하고 싶어지는 걸까? 이란에만 오면 이란에서 구하기 힘든 비싼 커피가

마시고 싶고 한국에 돌아가면 다라께Darakeh나 다르반드Darband에서 마시는 따끈한 차 한 잔이 간절해지는 건 왜일까? 비단 커피만이 아니다. 옆에 있으면 귀찮고 밉던 사람도 거리를 두고 이곳에서 돌이켜 생각해 보면, '그때 내가 먼저 사과할 걸', '보고 싶다' 등의 약간의 간지러운 생각이 든다. 이란까지 와서야 떨어져 있는 것들, 그리고 내 옆의 것들의 소중함을 알게 되었다.

그런 생각이 들자 내가 매일 마시던 차 한 잔이 무척 소중해졌다. 한국으로 돌아가면 이 고소하고 향기로운 홍차를 자주 마시기 어려울 테니까. 이란에 머무는 동안 평생 마실 홍차를 다 마셔 보았다고 해도 과언이 아니다. 사실 차를 썩 즐기지 않았던 나는 이란에서 제대로 된 홍차를 처음 마셔 보았다. 이란인들은 차(특히 홍차)를 매우 좋아하는데 '매우'라는 수식어보다 더 진한 농도의 수식어를 찾지 못할 만큼 홍차를 좋아한다. 처음에는 차가 익숙지 않았지만 이제는 가끔 몸이 으슬으슬하거나 나른할 때 이란의 홍차가 그리워진다. 나도 이제는 꽤 차를 즐기는 이란인을 닮아가고 있다. 한국 커피숍에서도 이제, 홍차를 주문하는 나를 발견한다.

내가 처음 이란의 차를 마신 건 2011년 9월, 기숙사에 도착한 첫날이었다. 그때 누쉰이 홍차를 대접해 주었는데 장거리 비행과 낯선 곳에서 적응하느라 잔뜩 긴장돼 있던 내 몸과 마음을 녹여 주었다. 첫맛이 씁쓸하고 끝맛이 떨떠름한 게 단맛을 좋아하는 내겐 어쩐지 어려운 맛이었다. 하지만 그래서일까 그때 그 홍차의 낯선 맛을 절대 잊을 수 없다. 내가 살면서 맛본 가장 맛있고 매력적인 홍차였다. 낡디 낡은, 족히 10년은 넘었을 작은 주전자에 물을 끓이고 찻잎을 우려낸다. 이때 이란인들의 찻잎을 우려내는 손 기술은 감히 흉내 낼 수 없을 만큼 현란하고 전문가처럼 보인다.

그리고 대개 처음 우려낸 차는 버리고 두 번째 우려낸 차를 마신다. 마시는 방법은 녹차 마시는 법과 크게 달라 보이지 않는다. 이란에서는 각설탕을 입에 문 채 홍차를 마시는데 각설탕을 조금씩 혀로 살살 녹여가며 먹는 홍차맛은 그냥 '휙~'하고 설탕을 타 달기만 한 홍차와는 확연하게 차이가 있다. 조금 더 나른하게 입 안에서 퍼지는 맛이라고 해야 할까? 그렇게 홍차를 마시고 있자면 일상의 피로가 절로 사라지는 느낌이 든다.

각설탕 대신 막대사탕 같은 '나버트'를 차에 담가 마시기도 하는데 주로 손님을 접대할 때 이 나버트를 내놓는다. 생긴 모양이 각설탕보다는 조금 더 그럴싸해서 홍차와 제법 어울린다. 나버트는 속이 비치는 투명한 노란색인데 간혹 하얀 나버트를 보기도 했다. 아이들 장난감처럼 예쁜 노란 나버트가 나는 더 좋았다. 나버트를 홍차에 담가 먹으면 꼭 보석을 우려먹는 기분이 든다. 이것이야말로 보석을 품은 홍차! 간혹 기숙사 친구들과 가지던 티타임은 두런두런 이야기 나누기에 가장 좋은 시간이다. 홍차를 나눠 마시며 일상의 얘기를 나누고 하루를 마무리하는 시간은 홍차향 만큼이나 향기롭다. 특히 야외에서 먹는 홍차는 유난히 맛있고 심지어 로맨틱하기까지 하다. 그래서인지 찻집들은 테이블을 주로 야외에 내놓는다. 쌀쌀한 날씨에 따뜻한 홍차를 마시는 정취만으로도 충분히 로맨티스트로서의 기분을 만끽할 줄 아는 이란인들이 멋있다.

이란에서는 어디서든지 차를 즐길 수 있는데 식당에서도 혹은 누군가의 초대로 이란인의 집을 방문한다 해도 티타임은 빠질 수 없는 감초가 된다. 티타임은 이미 이란인들의 생활이자 문화로 자리 잡았는데, 영국산 티백 홍차 혹은 찻잎으로 우려내는

홍차 등 다양한 홍차를 즐길 수 있다. 하지만 너무 고급스러운 영국 홍차보다는 적당히 소박한 멋의 이란 홍차가 내 입맛엔 맞았다.

차의 단짝은 갤윤물담배이다. 갤윤과 차를 파는 곳을 '소프레 쿠네'라고 하는데 소프레 쿠네에서 갤윤만큼 중요한 역할을 하는 것이 바로 작은 유리잔에 담아 내오는 홍차일 것이다. 한국에서도 홍대나 이태원에 가면 아랍음식점이나 인도음식점에서 이 갤윤을 파는 것을 볼 수 있다. 정확한 명칭은 '시샤Shisha'라고 부른다. 갤윤은 다양한 맛이 있는데 특히 홍차와 어울리는 과일향이 많다. 복숭아, 오렌지, 수박, 메론 등 다양한 과일맛이 있고 '도씹'이라 불리는 맛이 전통적인 갤윤의 향인데 강한 민트향에 가까워 자극적이다.

처음에는 아무것도 모르고 이 갤윤에 빠진 적이 있었다. 홍차의 단짝친구인 갤윤은 이란 어디서나 함께 파는데, 물담배에 든 니코틴, 타르 등 유해물질 함량이 보통 담배의 30배를 넘는다는 뉴스를 보고는 왠지 속이 더 쓰리는 듯 메슥거려 다시 피우지 않았다. 그래서일까 물담배를 많이 피우면 몽롱하고 머리가 지끈거린다. 몽롱한 환각을 느끼는 듯하다. 하지만 한 번쯤은 홍차와 함께 갤윤향을 음미하면서 가볍게 여유를 만끽하는 것도 결코 후회하지 않을 경험이 될 것이다.

이렇듯 어딜 가나 차를 즐길 수 있고 또 실제로 차를 많이 마시는 이란인들은 상대적으로 커피를 덜 좋아하는 민족일 수밖에 없다. 물론 이란의 젊은이들, 특히 나름 앞선 유행을 따라간다고 자부하는 젊은이들 사이에서 커피가 유행하고 있긴 하지만 아직까지 소수의 문화일 뿐이다. 커피숍에 가서도 차를 주문하는 사람들이 훨씬 더 많다. 하지만 커피뿐만 아니라 커피숍과 그 분위기 자체를 사랑하는 나는, 전 세계 어디에서나 찾을 수 있는 커피전문점처럼 이국적인 홍차전문점 체인을 국내에 내고 싶다는 생각을 하기도 했다. 전통과 유행이 결합된 이색적인 프랜차이즈의 CEO를 꿈꾼다. 뭐, 꿈꾸는 건 자유니까!

나는 습관적으로 하루 한 잔 이상의 커피를 마시던 커피 마니아라, 차도 맛있지만 가끔은 시원한 아메리카노 혹은 달달한 캐러멜마끼아또가 그리워 참을 수 없었다. 꼭 커피가 마시고 싶다기보다는 커피와 함께할 수 있는 자유로운 분위기의 테라스가 그리웠다. 맛있는 커피와 좋은 사람이 함께하는 시간은 커피가 식음료를 넘어서 하나의 문화로 자리 잡게 한 원동력일 것이다. 그렇기 때문에 내가 이란에 와서 가장 아쉬웠던 것 중 하나가 조용한 테라스가 딸린 커피숍을 찾지 못한 것이었다. 한국에서는 집에서 걸어 3분이면 단골 커피숍이 있었고 또 몇 미터만 걸으면 프랜차이즈 커피숍들이 즐비한 커피 천국이었다. 한국과 비교하면 이곳 테헤란은 커피의 불모지인 셈이다. 그러니까 홍차전문점을 한국에 내고, 이란에다 커피전문점을 내보면 어떨까?

하지만 혼자 테헤란 구석구석을 돌아다니는 시간이 늘어날수록 꼭꼭 숨어 있는 보석 같은 커피숍들이 눈에 띄기 시작했다. 생각보다 세련된 인테리어에 한 번 놀랐고 의외로 맛있는 커피맛에 두 번 놀랐다. 조금만 둘러봐도 운치 있는 외관하며 바리스타들의 자부심이 느껴지는 실력 있는 커피숍이 많았다. 그렇게 나는 테헤란에 '나만의 단골 커피숍 리스트'들을 하나하나 찾아 채워나가는 재미를 찾았다. 가끔은 '러단'에서 쉬리니를 사서 맞은편의 퀴퀴한 곰팡내가 나는 지하 커피숍 '알반드'를 즐겨 찾았다. 알반드의 커피는 너무 쓴 편이었지만, 루싸리 쓴 동양인 여자 혼자 낯선 곳에서 맛있는 커피를 마시는 기분, 체험해 보지 않으면 절대 알 수 없는 신비한 분위기이다.

그중 내가 가장 많이 갔던 곳은 타즈리쉬에 있는 '라미즈'와 '먼'이라는 커피숍이었다. 라미즈를 떠올리면 추운 겨울, 함께 웃고 울며 동고동락했던 후배들이 생각난다. 우리에겐 추운 날씨와 타국생활의 괴로움을 해결해 주는 마음의 피난처와도 같은 곳이었다. 그곳에 모여 시시콜콜한 테헤란 이야기들을 나누다 보면 마음 한구석부터 퍼지는 온기를 부여잡고 또 일주일, 또 한 달을 다시 버틸 힘을 얻었다. 여름에 다시 라미즈에 들르니 또 다른 느낌과 냄새가 난다. 그곳의 파트타이머들이 알은체를 해줘 내심 기분이 좋았다. '아 내가 다시 한 번 테헤란에 왔구나'라는 생각이 넘실대었고 그곳의 아메리카노와 모카, 라떼는 여전히 맛있었다. 비교적 싼 가격으로 양질의 커피를 마실 수 있어서 좋았고, 아직은 녹차가 생소한 이란에서 '마차라떼'라는 이름의 녹차라떼를 마실 수도 있었다.

라미즈가 사람들이 북적이는 도심 한가운데에 있다면, 먼은 언덕배기에 조용히 자리 잡고 있다. 굳이 찾아내려 하지 않으면 절대 눈에 띄지 않는 장소에 비밀스럽게 자리 잡고 있어 좋았던 커피숍이다. 이기적이지만 누구에게도 알려주고 싶지 않아 나 혼자서만 들르던 곳이다. 이곳은 한국에서 인기리에 방영되었던 〈커피프린스 1호점〉이라는 드라마를 떠올리게 한다. 먼은 외관부터 세련된 젊은 사장님의 감각이 곳곳에서 묻어난다. 세심히 칠한 하얀 페인트와 큐브 퍼즐이 무심한 듯 놓여 있다. 커피 브랜드 'illy'의 빨간 간판이 앙증맞게 붙어 있다. 아지트스러운 공간이 늘 그러하듯 커피숍 안은 무척 좁았다. 세 개의 테이블과 작은 주방이 전부다. 그래서 먼은 늘 북적북적하다. 인기가 많아서라기보다는 찾는 사람들이 늘 잊지 않고 찾기 때문이리라. 주로 주인의 친구들이 모여 아지트 같은 분위기를 자아내는데 자리가 없어 테이크아웃해서 집에 가야 할 때도 많았다. 이렇게 먼은 나의 출출한 허기를 달래고 맛있는 커피 한 잔으로 날 위로하던 곳이었다. 특히 이곳의 사장님과 친해지게 되었는데, 세련된 영어 악센트와 멋진 요리 실력이 그를 더 멋있게 보이게 한다. 문득 그녀의 여자친구가 부럽기도 했다.

내 입맛에 맞는 커피숍들을 찾아내자 이란생활이 한결 여유로워졌다. 좋아하고 아끼는 장소, 사람, 사물 등 마음 줄 곳이 존재한다는 사실만으로 사람은 살아갈 힘을 얻는다는 걸 절실히 느꼈다. 생각 없이 즐기던 맛있는 음식과 좋은 장소 그리고 내

illy
Moon Offers:
اسموتی طالبی
آب هندوانه
آیس اسپرسو
براونی داغ با بستنی

옆의 사람들에 대한 고마움이 넘실거린다.

나만의 커피숍 리스트들을 채우면서 왠지 그간 쌓였던 스트레스가 풀리는 기분이 들었다. 늘 즐거웠던 이란생활이지만 너무도 다른 문화와 환경에 노출되면서 크고 작은 스트레스들이 나를 짓눌렀다. 사실 이란에서는 스트레스 풀 곳이 마땅치 않다. 국가적으로 술이 금지되어 술집, 나이트, 클럽 등은 이들에게 애초에 없는 것들이다. 허나 하지 말라고 하면 더 하고 싶은 것을 우리 모두 잘 알지 않는가. 술을 그렇게 좋아하진 않지만 테헤란에서는 소주 한잔이 아주 절실한 적이 있었다. 또한 루싸리에 익숙해졌지만 가끔은 내가 아끼는 옷과 장신구로 멋들어지게 치장을 하고 싶기도 했다. 여성들은 자신을 꾸미며 그 모습으로 스트레스를 풀 때도 있는 법인데, 옷을 입을 때 손목과 발목을 가리고 엉덩이를 덮어야 하는 이란에서는 그것도 쉬운 일이 아니었다. 그래서인지 어쩔 때는 소심한 노출이라도 하고 싶어진다. 반바지와 반팔 티셔츠가 그렇게 시원하고 기특한 녀석들이라는 걸 새삼 깨달았다.

하지만 한 가지 느낀 점이 있다면 우리는 끊임없이 너무 자극적이고 치명적인 것들에 노출되어 점점 더 강한 방법의 스트레스 해소와 여가를 찾는다는 것이다. 이란에 다녀온 후 나는 예전과 다르게 정적인 방향으로 변했다. 자극적이고 선정적인 것들로부터 거리를 두고 살았던 시간을 통해 스스로 생각하고 정화하는 기회를 가졌다고 생각한다.

그런 의미에서 내가 사랑하는 커피숍을 찾아낸 것은 무척 다행이었다. 그때는 하루하루 예쁜 커피숍을 찾아다니며 집집마다 다른 커피맛을 맛보는 것 자체가 큰 즐거움이 되었다. 커피와 함께 좋아하는 책을 읽거나 와이파이가 터지는 카페에서 한국 친구들과 카카오톡을 하면 그제야 내 가슴이 '뻥!'하고 조금은 뚫리는 것 같았으니까.

이란에선 언제쯤 전화가 연결될까 발을 동동 구르며, 연신 수화기를 손에 쥐고 있어야 겨우 상대방과 연결되는 건 다반사였다. 그런데 이상하지. 한국으로 돌아오면 항상 스멀스멀 올라오는 생각이 있다. 인터넷, 스마트폰 등 우리의 일상이 모든 매체로 연결되어 있는 지금이 오히려 예전보다 더 고립된 것 같다는 생각 말이다. 한 번쯤은 이런 것들을 다 내려놓고 어찌 보면 소통보다 불통이 잦을 수밖에 없는, 저만치 먼 이란으로 떠나고 싶어진다. 하지만 막상 보고픈 사람의 목소리를 어렵게 듣게 되면 어떤 간절함 끝에 설레는 마음이 그립기도 하다.

## 나의 단골집을 소개합니다

테헤란생활에 차츰 적응하고 있던 무렵이었다. 오랜만에 외식다운 외식을 해보고자 한껏 멋 부리고 고급레스토랑에 저녁을 먹으러 갔다. 그때가 대략 저녁 7시쯤이었다. 출출한 배를 움켜쥐고 양고기 케밥 냄새가 진동하는 레스토랑에 들어서는데 한 시간 후에 다시 오라는 것 아닌가. 친절해 보이던 웨이터가 불친절하게 느껴지던 순간이었다. 애써 배고프지 않은 척하며 웃으면서 돌아섰지만 내 배에서는 이미 밥 달라는 아우성이 최고조에 이르렀다. 온 레스토랑에 케밥 냄새가 진동하는데 왜 돌아가라는 건지. 허탈함을 뒤로 한 채 돌아섰지만 도저히 배고픔을 참을 수 없었다. 결국 양고기 케밥을 포기하고 근처의 패스트푸드점에서 햄버거로 저녁을 때웠다.

우리는 대개 오후 6시에서 8시 사이에 저녁을 먹지만 대부분의 중동국가들은 늦은 저녁을 먹는 곳이 많다. 이란인들 역시 저녁을 늦게 먹는 편이다. 대개 밤 9시 지나 저녁을 먹기 때문에 레스토랑 역시 그 시간에 맞춰 밤 8시 이후부터 음식을 준비한다. 특히 레스토랑은 되도록 시간 맞춰 가야 나처럼 낭패 볼 일이 없을 것이다.

처음 이란의 가정집에 초대 받았을 때에도 당혹스러운 적이 있었다. 초대시간이 밤 10시나 11시인 경우도 많았기 때문이다. 어렸을 때부터 밤늦게 남의 집에 가는 것이 예의가 아니라고 배웠던 나는 처음 초대를 받았을 땐 정중히 거절도 했다. 알고 보니 진짜 그 시간이 그들의 저녁식사 시간이었던 것이다. 생각해 보면, 기숙사에선 대부분 오후 6시부터 저녁을 먹기 위해 준비하는데 이란인 친구들은 우리가 밥을 먹고 슬슬 졸음이 밀려올 때쯤에야 밥을 먹기 시작했다.

그렇게 식당에서 문전박대(?)당한 이후부터는 제때에 맞춰 맛있는 저녁을 즐길 수 있었다. 밤 9시쯤에 맞춰 가면 오래 기다리지 않고 바로 식사할 수 있어 좋다. 밤 10시가 넘으면 손님이 많아 붐비기 때문에, 특히 인기가 있는 레스토랑일 경우 오래 기다려야 할 수도 있다. 이란에도 예약문화가 잘되어 있다. 물론 동네의 작은 식당이나 패스트푸드점은 예약이 필요 없지만 고급레스토랑은 예약으로만 손님을 받는 곳이 많아 예약을 하지 않으면 음식을 먹지 못할 때도 있다. 또 어떤 곳들은 10%의 부가세를 내야 하는 식당도 있고 웨이터에게 팁을 줘야 하는 곳도 있다. 그리고 몇몇 유명한 음식점들은 밖에서 볼 때 전혀 레스토랑처럼 보이지 않는 소박하고 폐쇄적인 느낌의 외관을 가지고 있어서 이란 친구들의 안내를 받지 않으면 찾기 어려운 곳이 많다는 것도 특징이라면 특징이다.

테헤란에는 내가 자주 들르던 식당 두 곳이 있었다. 두 곳 모두 '조르단Jordan'이라는 지역에 있는데 한곳은 양고기 시슬릭Shishlyk으로 굉장히 유명한 '샨디스'이고, 또 한곳은 디저트와 파스타가 맛있는 '커건'이라는 곳이다.

샨디스는 테헤란의 대표식당이라고 할 수 있다. 외국인을 좀처럼 찾아보기 힘든 테헤란이지만 샨디스에 가면 꼭 식사 중인 외국인들을 볼 수 있다. 그만큼 외국인들에게도 내국인들에게도 모두 인기가 많은 식당인 듯하다. 이곳의 메뉴는 단출한 편이다. 양고기 시실릭이 대표음식이라 대부분 시실릭을 주문한다. 아직까지 다른 메뉴를 주문하는 사람은 보지 못했다. 시실릭을 주문하면 날카로운 쇠꼬챙이에 꽂힌 채 구워 나온 시실릭과 구운 토마토, 올리브 그리고 따끈한 눈이 나오는데 맛이 부드럽고 순해 유난히 버터와 잘 어울린다. 나는 눈에 살짝 버터를 바르고 구운 토마토와 시슬릭 살점을 잘라 같이 싸먹는 것을 좋아한다. 불고기로만 쌈을 싸먹는 줄 알았는데 시슬릭쌈도 꽤 맛있다. 양념 잘 벤 짭짤한 고기맛과 비슷하다. 이건 정말 한국인들이 좋아할 만하다.

사실 샨디스의 음식가격은 비싼 편인데도 저녁 내내 손님으로 가득 찬다. 내부 인테리어도 고급스럽고 늘 정돈된 모습으로 친절하게 맞아주는 웨이터들의 서비스도 좋은 편이다. 이란음식을 잘 먹지 못하는 사람도 이곳 음식은 입에 잘 맞을 것이라 생각한다. 나 역시 샨디스의 시실릭으로 이란음식에 입문(?)했으니,

처음 먹어 본 이후로는 간혹 생각 나 시간을 내서 찾아간 적도 많았다. 배달을 해주기는 하지만 역시 직접 가서 먹는 게 훨씬 맛있다. 배달시킨 시실릭이 도착하면 어느 정도 식어 있는 상태라 고기의 육즙이 모두 사라진 후다. 모든 음식이 그렇겠지만 따뜻할 때 먹는 시슬릭이 가장 맛있기 때문이다. 만약 샨디스 분점이 한국에 생기면 장사가 꽤 잘될 수 있을 정도로, 시슬릭은 이란 전통음식이지만 외국인의 입맛에도 잘 맞는 이란의 대표음식이라 할 수 있다.

또 다른 곳은 내가 가장 아끼는 커건이다. 커건은 갈 때마다 기분이 좋아지는데, 그 이유는 활짝 웃으며 맞이해 주는 문지기 아저씨 덕분이다. 추울 때나 더울 때나 한결 같은 모습으로 입구를 지키시는 그 모습이 좋아 자주 찾게 되었다. 나를 손녀딸마냥 예뻐해 주셨는데 가끔은 추운 날, 늘 밖에서 일하시는 아저씨가 걱정돼 괜히 그 앞을 지나가는 척하며 아저씨의 말동무가 되어 드리곤 했다. 호텔 벨보이 복장을 한 아저씨는 늘 얼굴 가득 미소와 함께 최고의 서비스로 손님들을 맞이해 주신다. 역시 국내외를 막론하고 최고의 서비스는 진심어린 미소인 것 같다. 좋아하는 사람들과 이란을 여행하게 된다면 내가 가장 데려가고 싶은 곳이 바로 이곳 커건이다. 이란에 있을 때도, 내가 아끼는 사람들에게 꼭 이곳을 보여 주었다.

커건은 실내와 실외가 나뉘어져 있는데 실내에 놓인 그랜드피아노가 숙련된 연주자에 의해 항상 연주되고 있어 나른하고 고풍스러운 음악을 늘 감상할 수 있다. 거기에 고급스러운 샹들리에와 기품 있는 인테리어가 커건을 좀 더 멋들어지게 해준다. 하지만 아직 학생인 나는 그런 분위기가 부담스러워 매번 야외 테라스석에 앉는다. 작은 테라스에는 옹기종기 테이블이 모여 있고 중간에는 작은 분수가 하나 있다. 작은 테라스지만 흡사 공원 한가운데에 마련된 듯한 청아하고 맑은 느낌이 더할 나위 없이 좋다. 테라스석에 앉아 나의 단골메뉴인 '카페 글라쎄(아포가토와 닮은 메뉴인데 커피에 바닐라 아이스크림이 함께 나온다)'라는 디저트를 주문하거나, 추운 날이면 컵 가득 담겨 나오는 카푸치노를 주문했다.

커건은 분명 음식점이지만 나는 매번 디저트만 먹어서 음식메뉴를 주문해 본 적이 없었다. 그런데 한 번은 배가 고파 파스타를 주문한 적이 있다. 이란은 면요리가 발달하지 않아 맛있는 파스타를 먹기 어려운 곳이다. 때문에 실력이 뛰어난 이란 요리사들도 아직 파스타를 만드는 데 서툴 것이라고 당연하게 생각했다. 하지만 살짝 느끼한 크림파스타가 유독 끌렸던 그날, 기대 반 설렘 반으로 주문한 크림파스타가 웬 걸? 생각보다 정말 맛있는 것 아닌가! 나는 그 이후로 파스타가 생각날 때면 커건에 가서 버섯의 풍미 가득한 크림파스타 하나를 주문해 놓고 아이스크림 한 스쿱scoop이 그대로 들어간 카페 글라쎄를 후식으로 먹으며 책 한 권을 읽었다. 지금 생각하면 그때가 내겐 가장 행복한 시간이었다.

아무 고민 없이, 읽었던 책을 다시 읽고 읽어도 전혀 무료하지 않고 즐거웠던 때를 다시 만날 수 있을까? 하지만 내가 커건을 찾았던 진짜 이유는, 맛있는 음식도 디저트도 빼어난 외관도 아니었다. 친절하게 서빙하는 파트타이머들, 늘 살갑게 맞아주시던 매니저님, 내 사랑 문지기아저씨 때문이었다. 다들 나에게 호기심 가득한 눈빛으로 말을 걸고 관심을 가져 주면서 이 낯선 땅에 나 혼자라는 생각을 잠시 잊게 만들어 주었다. 나의 어눌한 이란어 실력에도 내 이란어가 최고라며 벌써 이란인 같다는 황송한 칭찬을 해주시던……. 그래서일까, 외로웠던 테헤란생활에서 지치고 힘들 때면 난 이곳을 찾았다. 그러면 나라는 존재가 의미가 되고, 이유가 되는 것 같아 그저 힘이 났다. 물론 이렇게 사랑스러운 사람들 덕분에 커건에 가면 배보다는 내 마음이 불러 나오곤 했다.

날씨가 쌀쌀해지고 바람이 불 때면, 커건의 공기가 그리워진다. 코 훌쩍이며 마시던 카푸치노 향이 어느 때보다 그리운, 겨울을 다시 나고 있기 때문이다.

LG
Life's Good
از گوشی هوشمند

# 어느 날

# 갑자기

## 소서노가 된 까닭

이란인과 친해지고 싶다면?

딱 한마디만 하면 된다. 남자라면 '주뭉!', 여자라면 '양곰!'. 이 말만 하면 당신이 한국에서 온 누구인지 나이는 몇 살인지 이란에 왜 왔는지 소개할 필요가 없어진다. 다른 유창한 이란어는 필요 없다. 정말 딱 이 한마디면 이란인들은 함박웃음을 지으며 당신과 친구가 되고 싶어 할 것이다. 하지만 단점은 그때부터 알아들을 수 없는 폭풍 이란어로 인해 당신은 혼미해질 것이라는 점이다.

'주뭉'은 드라마 〈주몽〉, '양곰'은 드라마 〈대장금〉의 '장금이'를 부르는 말이다. 이란인들이 발음하는 한국어라서 그런지 우리 귀에는 귀엽게 들린다. 〈주몽〉과 〈대장금〉을 보지 않았던 나는 이토록 한국드라마, 그것도 복잡한 스토리와 수많은 인물 관계로 얽힌 사극의 내용과 출연배우의 이름을 줄줄 외우며 열광하는 이란 친구들이 신기했다. 우리 드라마가 그렇게 재미있나? 내가 그 드라마들을 보지 않아서 잘 모른다고 말하면 정말 깜짝 놀란다.

"한국인이 어떻게 그 드라마를 안 볼 수가 있죠?"

그렇게 물을 때마다 정말 내가 이상한 사람이 된 것 같은 기분이었다. 그도 그럴 것이 이란 국영방송IRIB, Islamic Republic of Iran Broadcasting에서 방송된 이 두 편의 드라마는 90%에 가까운 시청률을 기록한 이란의 국민드라마이기 때문이다. 공식적으로 집계된 시청률은 〈대장금〉이 90%, 〈주몽〉이 85%이다. 적어도 텔레비전이 있는 집들 대부분이 이 드라마들을 시청했다는 말이 된다. 그런데 그 열기를 직접 체험해 보면 시청률은 그저 숫자에 불과하다는 사실을 깨닫게 된다. 그만큼 대단한 인기임에 틀림없다. 게다가 이미 이란 내에서 〈주몽〉2007과 〈대장금〉2008은 방송이 끝난 지 시간이 꽤 흘렀음에도 불구하고, 아직까지 이란인들은 동양인을 만났을 때 남성에겐 '주뭉?' 여성에겐 '양곰?'하며 적극적인 관심을 나타낸다.

〈주몽〉에서 '소서노'에 푹 빠져 자살소동을 벌인 순수한 청년도 있었다고 한다. 이 사랑의 열병을 앓았던 청년은 소서노 역의 한혜진 씨와 결혼을 하겠다며 부모님께 한국행 비행기 티켓을 마련해 달라고 했단다. 그리고 포기하라는 부모님의 말에 자살소동을 벌인 일도 있었다고 하니 이란 현지의 한국드라마의 인기가 얼마나 대단한지 가늠할 수 있을 것이다. 이 뿐만이 아니다. 주몽 역을 맡은 송일국 씨는 2009년 이란 방문 시 국빈에 버금가는 대우를 받았고 테헤란에서 가장 좋다는 에스테크럴 호텔에서는 러시아 대통령 푸틴이 묵었던 방을 송일국 씨에게 무상으로 제공하기도 했다. 이제는 '한류열풍'이란 말에 익숙해져, "그게 뭐 그렇게 대단한 일이냐"고 할 수도 있겠지만 2007년 즈음의 일인데다, 누구도 예상치 못한 이란에서의 한류열풍을 생각해 보면 이 또한 한류에 긍정적인 영향을 미칠 정도로 큰 의미를 가진다.

우리나라의 전통이 그대로 녹아 있는 사극이 먼 곳의 이방인들을 어떻게 사로잡았을까? 이란인들을 텔레비전 앞으로 불러들인 한국드라마의 매력은 무엇일까? 물론 우리의 문화 콘텐츠들은 외국인들이 봤을 때 양과 질적인 면에서 모두 우수하며 매력적이다. 그렇기 때문에 전 세계적으로 많은 사랑을 받을 수밖에 없었을 것이다. 또한 이란 친구들에게 물어보면 이란의 정서와 한국의 정서에는 공통점이 상당하다고 대답한다. 주한 이란대사관에서 제공하고 있는 정보를 보면, 신라시대에 이미 양국이 교류해 이란의 공주가 시집을 왔다는 기록도 있다. 하지만 우리나라와 이란 사이에는 지리적으로도 상당한 거리가 있고, 다섯 시간 반이라는 시차도서머타임이 적용되면 네 시간 반 있다. 이러한 제한 때문에 공식적으로 두 나라가 수교한 시간은 50년 정도밖에 되지 않는다.

한국과 이란 사이의 공통점을 꼽아 보자면, 첫 번째로 우리나라 사극에서 엿볼 수 있는 가족 중심의 문화를 꼽을 수 있다. 전통적으로 대가족 중심이었던 우리 민족은 가족 간의 끈끈한 유대감을 중시해 왔고 그 힘은 현재 고도성장의 발판이 되었다. 이란 역시 그렇다. 주말이면 공원 곳곳에서 돗자리를 깔고 준비

한 음식을 나눠 먹으면서 아이들의 재롱을 보는 가족들을 쉽게 볼 수 있다. 저녁시간마다 온 가족이 빙 둘러 앉아 저녁을 먹고 대화를 나누는 모습은 고향을 떠나 오랫동안 서울에 혼자 지낸 내게 가족 간의 유대감 이상의 뜨거운 감정으로 다가오기도 했다. 왠지 옛날 우리네 시골에서 볼 법한 정겹고 떠들썩한 느낌이었다.

두 번째는 페르시아제국이라는 찬란한 역사 속에서 숱한 전쟁을 겪어 오며 이란에서 추앙받게 된 쿠로쉬Kourohosh와 다리우스Darius 같은 장수들을 배출한 이란 민족이, 뛰어난 전술가이자 두려움을 모르던 고구려의 시조 주몽의 이야기에 열광하는 건

당연할 수밖에 없다. 이처럼 강한 애국심과 용감한 기상을 가진 이란 사람들과 한국 사람들은 내가 보기에도 많이 닮았다.

세 번째로는 동양의 신비함에서 느낄 수 있는 매력이다. 이란인들은 자신들과 전혀 다른 외모를 가진 동양인에 대해 더 큰 우호적 관심을 보내는 듯하다. 동양인들의 모든 것을 신기해하며 관심을 가진다. 심지어 젓가락을 자유자재로 다루는 나를 보더니 입이 떡 벌어질 정도로 놀란다. 어떻게 매일 이렇게 밥을 먹냐며 재미있어 하길래 나는 가지고 간 젓가락 몇 개를 선물하기도 했고, 동양인들이 예의 바르게 인사하고 어른을 공경하는 문화 역시 'Hot'하다며 엄지를 세운다. 내 친구 아라쉬의 아버지는 내가 무릎을 꿇고 앉아있는 것과 어른들에게 고개 숙여 인사하는 모습을 보고는 동양의 문화가 최고라며 무안할 정도로 칭찬을 해주셨다.

이 외에도 한국드라마는 다양한 매력으로 이란을 사로잡아 이란 내 한류의 밑거름이 되고 있다. 한국의 서울대학교 정도 되는 테헤란대학교에는 한국어를 배울 수 있는 강좌가 개설되었고, 한국어를 배우고 싶어 인터넷을 뒤져가며 독학하는 친구들도 많이 있다. 이미 한국의 콘텐츠를 통해 한국을 사랑하고 한국어를 배우고 싶어 하는 이란인들이 늘어나고 있는 셈이다. 이처럼 더욱 더 활발하게 우리의 문화를 수출하고 안정적으로 정착시킨다면 이란 현지의 한국어 선생님에 대한 수요도 늘어날 것이고, 한국 기업들의 이란 진출에도 상당한 도움이 될 것이다.

〈대장금〉, 〈주몽〉 등 한류 1세대의 드라마를 넘어 〈꽃보다 남자〉 등의 트렌디드라마 역시 이란에 상륙했다. 이제 이란의 젊은이들은 K-POP에 열광하고 인터넷을 통해 최신 한국드라마를 찾아본다. 한국의 아이돌 가수들에 환호하고 '언니', '오빠' 등 간단한 한국어도 자연스럽게 구사한다. 그 후광효과로 한국제품에 대한 이미지 또한 좋아져서 그간 많은 교류가 없었던 이란 시장에 우리나라 기업들의 진출도 활발하게 이루어지고 있다. 대기업을 제외하고도 약 2,400개 정도의 우리 중소기업들이 이란과 거래하고 있으며, 국제무대에서의 경제제재에도 불구하고 이란 시장이 우리에겐 주요한 외화벌이가 되고 있다.

나 역시 그런 효과를 톡톡히 보았다. 이란에 머무는 동안 간접 연예인 체험을 해보았다고 하면 쉽게 설명이 될까. 길거리를 지나갈 때마다 이란인들의 노골적인 시선을 견뎌야 했다. 외국인의 출입이 자유롭지 못한 이란에서는 외국인이 신기할 법도 한데 자신들과 생김새가 비슷한 유럽이나 아메리카 대륙, 아랍 사람이 아닌 동양인은 이란 사람들에게 관심의 대상이 된다.

사실 나도 여자인지라 가끔은 도가 지나친 그들의 관심이 무서울 때도 있었다. 기숙사까지 쫓아오는 남성들도 있고 대놓고 내 사진을 찍는 사람도 있었다. 심지어 내가 연예인도 아닌데 사진을 찍자며 10장이 넘는 사진을 찍어 가는 사람도 있다. 처음에는 아무것도 모르고 휴대폰 번호를 알려줬는데 과도한 관심의 문자메시지를 수도 없이 보내는 사람도 있었다. 그래서인지 진심으로 연예인들의 삶에 대해서 생각해 본 적이 많았다. 선글라스는 필수품이 되었고 가끔은 친절하게 답해주고 사진을 찍어주는 팬서비스까지 해야 하니 도통 피곤한 것이 아니었다.

이란 도착 후 일주일쯤 되어서 동물원에 간 적이 있었다. 그 날따라 몸이 좋지 않아 친구들은 동물원을 둘러보고 나는 혼자 벤치에 앉아 쉬고 있었는데 그 잠깐 동안에 내 앞으로 긴 줄이 만들어진 것이 아닌가! 이럴 수가, 나와 사진을 찍기 위한 줄이었다. 몸도 좋지 않고 피곤해서 짜증이 밀려 왔지만, 어디서 나온 애국심인지 나도 모르게 한국에 대해 설명하고 있었다. 그것도 친절하게!

"취니중국 사람? 줘포니일본 사람?"

연신 물어보는 사람들에게 난 '한국에서 왔다!'며 위풍당당한 풍채로 샤방샤방한 웃음을 날려야 했다. 그렇게 약 20팀에 가까운 사람들과 사진을 찍었다. 그러다 보니 점점 무리한 부탁이 늘어나 아이를 안거나 그들이 원하는 포즈로 사진을 찍어주는 경지까지 오른 나를 발견할 수 있었다.

또 하나 재미있는 것은 북한과 비교적 우호적인 관계를 유지하고 있는 이란에서는 남한에서 왔는지 북한에서 왔는지 꼭 물어본다는 것이다. 그럴 때마다 나는 '코레예 주누비대한민국'라고 알려 주는데, 진지한 이란 사람들은 한 시간이 넘도록 북한과 남한에 대해서 이야기하고 핵 관련 문제를 함께 토론하기를 원한다. 그때 진지하게 이야기를 나누고 정확한 정보를 알려 주는 것. 이것이 민간외교가 아니면 무엇이겠는가? 나는 가끔 연예인 혹은 외교관이 된 듯한 사명감으로 우리나라에 대한 부정적인 인식이나 오해에 대해 토론을 하기도 하고 설명해 주기도 하였다. 그럴 때마다 밀려오는 뿌듯함이란…….

사실 어떻게 보면 난 아직 나라 사랑하는 마음이 무엇인지, 그 방법이 무엇인지 잘 모르는 대한민국 국민이었다. 하지만 타국에 나오면 누구나 애국자가 된다고 하지 않던가. 이란인들 역시 동양인을 보면 가장 먼저 중국 사람인지 일본 사람인지를 먼저 물어본다. 내가 둘 다 아니라고 고개를 저으면 그때서야 마지막에 '코레이한국 사람?'이냐고 묻는다. 그럴 때마다 국력이나 경제력을 떠나 자신들의 문화를 알리고 국가브랜드를 홍보하는 일 자체가 매우 중요한 일임을 새삼 깨닫게 되었다. 그래서 한국드라마와 한국가요를 사랑해주는 이란인들이 고맙고 우리나라 역시 그런 문화 콘텐츠의 수출에 더욱 힘쓰는 게 중요하다는 사실을 피부로 체감할 수 있었다. 그렇게 형성된 한국에 대한 관심과 사랑이 막강한 국력으로 다시 연결될 테니 말이다. 난 그동안 뛰어난 애국자는 아니었지만 이란생활 후 조금이라도 내가 태어난 대한민국에 보탬이 되어 우리나라를 알리는 데 긍정적인 기여를 하는 사람이 되고 싶었다. 그래서 나는 이란에 있는 동안 주몽의 여주인공인 소서노를 자청하며 내가 아는 한 자세하고 정확한 한국 이야기를 해주기 위해 노력했다. 나를 만난 친구들이 나를 통하여 한국에 대해 우호적인 감정을 가지고, 또한 한국 친구들도 이란이라는 나라와 그 나라의 사람들에 대해 선입견과 편견에서 벗어나 서로 우호적 관계로 발전될 수 있길 바란다. 내가 그들 사이의 작은 디딤돌이라도 될 수 있으면 좋겠다는 바람이다.

이란에서 소서노로 사는 동안 내가 받았던 순수한 관심과 애정에 감사한다. 그런 의미에서 내게 소서노란 별명을 붙여준 기숙사 앞 과일가게의 주몽아저씨께 더 큰 감사를 드리고 싶다.

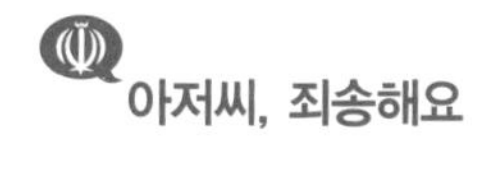

## 아저씨, 죄송해요

심장이 벌렁벌렁 뛰었다. 아직도 그때를 생각하면 머리부터 발끝까지 온몸의 신경이 곤두서는 날카로운 감정이 요동친다. 그러면서 한편으로는 안도의 한숨이 나온다. 미안한 마음과 함께.

당시 내 주위로 약 100명이 넘는 사람들이 몰려들어 웅성대는 소리가 꽤 컸다. 이미 소리에 주변이 전복되어 마치 내가 없는 것 같았다. 그날 일정에 동행한 내 친구 '아쉬컨'은 경찰과 심각한 이야기를 나누고 있었고 가끔씩은 서로의 언성도 높아졌다. 그날따라 잘 알아듣던 이란어가 한마디도 제대로 들리지 않았다. 귀를 기울여 들을 수록 도통 어떤 방향으로 이야기가 흘러가는지조차 종잡을 수가 없었다. 그럴수록 두려움은 더 커져갔고, 그곳의 소리가 높아질 때마다 하늘이 노래지고 심장박동 수는 점점 더 빨라졌다. 그날이 바로 테헤란에서 지우고 싶은, 가장 아찔했던 하루였다.

그날도 여느 날과 마찬가지로 즐겁게 친구와 시내투어에 나섰다. 테헤란에서의 시간이 얼마 남지 않아서였을까. 재촉하는 이 없었지만 나 혼자 괜히 초조했던 무렵이었다. 그런 조급한 생각에 여기저기 열심히 둘러보고 싶고 뭐든지 내 눈에, 그리고 카메라에 담아가고 싶은 마음에 셔터를 마구 누른 것이 화근이었다. 진작 부지런했다면 그런 조급한 마음도 들지 않았을 텐데. 늘 게으름을 부리는 나는 마지막이 돼서야 조급해지고 그때서야 되돌릴 수 없는 후회를 한다.

나는 여행 중 낯선 곳에 도착하면 가장 먼저 그곳의 어린 아이들과 여자들 그리고 사회 빈민층에 관심을 가진다. 그날도 시내 이곳저곳을 둘러보며 여행 아닌 여행을 하던 중 인상 깊은 한 아저씨를 보게 되었다. 아저씨는 한쪽 다리가 없었다. 목발을 짚고 테헤란의 더위가 절정에 이른 한낮에 펄펄 끓는 아스팔트 도로변에 앉아 구걸을 하고 있었다. 측은한 마음에 얼마 되지 않지만 작은 정성을 보이고는 사진을 찍었다. 아뿔싸! 그게 발단이 되었다. 아저씨는 갑자기 옆에 있던 사람과 얘기를 주고받더니 목발을 짚고 벌떡 일어나서 나와 함께 있던 이란 친구에게 알아듣지 못할 이란어로 고함을 지르기 시작했다.

아무 생각 없이, 정말 아무 생각 없이 셔터를 누른 내 손이 일으킨 난감한 이 상황. 그 아저씨는 큰 목소리로 그곳에 있던 모든 사람을 불러 모아 시시비비를 가리기 시작했다. 순식간에 일어난 일이었다. 나는 그 짧은 시간에 모인 사람들에게 심판을 받는 기분이었다. 사실 그 순간 내가 좋아하던 이란 사람들로부터 이런 냉정한 대우를 받는다는 것이 내 잘못임을 알면서도 서러웠다. 사람들 사이에 둘러싸인 아저씨는 당당한 기세로 손을 치켜

들고는 사진을 당장 지우라는 제스처를 했고 난 정중하게 사과 한 뒤 그 사진을 지웠다. 사실 애초에 그의 얼굴을 찍을 생각이 없었기에 얼굴은 찍지 않았다.

설명하기 힘들지만 아저씨가 앉아 있던 곳은 전통시장이 시작되는 길목이었고, 그 반대편에서는 장례식이 치러지고 있었다. 나는 그곳에서 바삐 시장을 오가는 사람들이 자아내는 치열한 삶의 현장과 그 맞은편 장례식에서 보이는 정적인 죽음의 이미지가 너무나도 대조적이라 느꼈고, 아무런 생각 없이 셔터를 눌렀다. 그리고 물론 그 아저씨의 치열한 삶의 흔적 또한 그 사진에 어우러져 나오길 바랐다. '삶과 죽음의 대비'라는 주제로, 그럴싸한 제목을 붙일 수 있는 사진 한 장을 찍기 위한 어리석은 생각이었다. 이건 어디까지나 억지로 아저씨를 꾸역꾸역 사진 속에 밀어 넣은 나의 이기심에서 비롯된 잘못이었음을 깊이 반성한다.

나는 이런 의도를 부족한 이란어로 매끄럽게, 그리고 잘 설명할 수 없었다. 마음이 콱 답답해졌다. 생각보다 큰 문제가 될 수 있다는 것을 직감했기 때문이다. 이란은 이슬람을 국교로 하는 나라이고 공화국체제지만 대통령보다 《코란》을 해석해 종교적 메시지를 던지는 종교지도자가 더 큰 권한을 가지는 나라다. 그리고 그 종교적 메시지는 법보다 뛰어난 구속력을 가진다. 또한 이슬람 문화권에서는 평등의식이 깊게 자리하고 있어 내가, 그것도 동양의 어린 여자가 이란의 저소득층인 걸인의 사진을 찍었다는 것이 공론화될 경우 자칫 예민한 문제가 될 소지가 다분했다.

어쩌면 대외적 이미지를 중요시 여기는 이란으로부터 한국에 돌아가지 못할 수도 있겠다는 생각이 뇌리를 스쳤다. 그리고 이런 사항이 이슬람의 큰 가르침인 '평등'이라는 주제를 부추겨 종교적 이슈로 번짐으로써 종교문제로 확대된다면 나는……. 생각만 해도 끔찍하다. 곤경에 몰리자 이러한 생각을 할 수밖에 없었다.

그렇게 불안에 떨고 있는데, 엎친 데 덮친 격으로 아저씨가 정말 경찰을 불러왔다. 이란에는 교통경찰, 경찰, 그리고 혁명수비대라 불리는 바시지Basij 등 크게 세 가지 형태의 경찰이 있다. 처음에는 근처에 있는 교통경찰을 불러왔고 해결이 나지 않자 그 다음은 경찰, 그리고 마지막으로 바시지를 불러오려 하는 게 아닌가. 바시지는 이란 국민들을 공포로 몰아넣는 최고 권력의 경찰집단이다. 그들은 1979년 이란에서 일어난 이슬람혁명의 파수꾼들이었고, 현재는 이란인들의 종교적 믿음과 관련된, 예를 들면 의복, 치안 단속 등을 행하는 경찰들이다. 그 순간 잘못하면 큰 문제가 될 것이라는 직감이 점점 사실로 구현되는 것 같아 더욱 초조해졌다. 나도 모르게 손톱을 물어뜯고 있었다. 10년 전 확실히 고친 버릇이었다. 정말이지, 한국이 그리웠다. 최악의 상황이 온다면 나는 한국에 돌아가지 못하고 원치 않는 이란교도소 관광까지 할 수도 있는 진짜 위기상황이었다.

시간이 갈수록 나는 패닉상태가 되었고, 아저씨는 내게 계속 좋지 않은 말을 했다. 정확히 알아듣지는 못했지만 분명 욕이었을 것이다. 사실 내가 잘못한 것이기에 반성과 후회의 생각이 먼

저 들었지만 너무 당황하다 보니 내 감정을 표현하는 모든 영역이 마비된 것 같았다. 이렇게까지 많은 사람들에 둘러싸여 본 적이 단연코 한 번도 없었으므로. 손이 벌벌 떨리고 식은땀이 흘렀다. 나의 순수한 의도를 대신 변명해 주기 위해 한여름에 땀을 뻘뻘 흘리고 있는 내 친구에게도 정말 미안했다. 다행히 경찰은 나를 변호해 주었다. 그리고 그곳에 모인 사람들이 나를 가엾게 여겼는지 내 의견을 열심히 거들어 주었다. 그들의 도움으로 나는 두 시간 만에 그 자리에서 벗어날 수 있었다. 하지만 그 순간 번뜩 정신이 들었다. 경찰은 별일 아니라며 나를 보내 주었지만, 반대로 이란에선 구걸이 불법이라 아저씨를 다른 지역으로 쫓아냈기 때문이었다.

아저씨가 목발을 짚고 힘겹게 다른 자리로 옮겨가는 것을 보는 순간 내가 얼마나 짧은 생각으로 큰 잘못을 했는지 진심으로 깨닫고 반성할 수 있었다. 그곳을 빠져 나오면서 땀이 식어 오한이 들었고 내내 아저씨의 검게 그을린 얼굴과 그의 한쪽 다리가 생각났다. 아쉬컨은 돈을 뜯어내려는 못된 사람이라고 말했지만 나를 위로해 주기 위한 말이라는 것을 안다. 정말 못된 사람은 바로 나였다.

그저 그럴싸해 보이는 사진 한 장 찍기 위한 내 욕심이 어쩌면 힘겹고도 치열하게 차지했을 삶의 터전에서 아저씨를 내쫓은 거였다. 나의 무지함과 무모함으로 인해 힘겹게 목발을 짚고 걸어가는 아저씨의 뒷모습을 보며 '아차!' 싶었다. 나 스스로가 부끄러워지는 순간이었다. 생각해 보니 구구절절 모든 것이 나의 잘못이었고, 든든한 친구가 나를 변호해 준 덕분에 그곳을 빠져나온 것만으로도 운이 좋았던 거였다. 나는 그 이후로 절대 함부로 사진을 찍지 않았다.

이란으로 혹은 다른 이슬람 지역으로 여행을 가게 된다면 이국적인 매력에 빠져 모든 곳을 카메라에 담고 싶은 욕심이 생길 것이다. 하지만 특히 이슬람권 국가에서는 사진을 찍을 때 조심해야 한다. 특히 허락 없이 여성들의 사진을 찍는 것은 매우 위험하다. 사진을 찍자고 먼저 다가오는 이란인들이 많은 편이고, 그들과 추억을 남기는 사진 한 장 정도 찍는 것은 위험하지 않지만 멋대로 앵글과 모델을 정해 찍는다는 발상은 매우 위험하다.

정말 사진이 찍고 싶다면 직접 가서 물어보는 것이 좋다. 친절한 이란인들은 기쁜 마음으로 좋은 모델이 되어 줄 것이다. 하지만 내가 추천하는 방법은 눈, 마음으로 가득 담아오는 것이다. 카메라에 저장된 사진은 실수나 오류 등으로 잃어버릴 수도 있지만 내 뇌리에, 마음에 깊이 새긴 장면은 절대 잃어버릴 수 없기 때문이다. 지금도 카메라에 저장된 사진을 잘 찾아보는 편은 아니다. 언제든지 내 머리 속에 저장된 이란의 모습을 불러내어 향수를 달래곤 하니까.

## 두 번의 행운, 두 배의 행복

내게 '행운'이라는 것은 내 인생에서 두 번 다시 찾아오지 않을 일인지, 아니면 충분히 그럴 만한 일인지 곰곰이 생각해서 내린 판단에 근거한다. 그리고 그에 부합한 일들에 '내 인생의 행운'이라는 다소 거창할 수도 있는 타이틀을 달아 준다. 비록 행운이라고 해봤자 지극히 개인적인 것들이라 누군가의 공감을 불러일으키기엔 무리가 있을 수도 있지만, 이란에서 겪은 두 번의 행운은 아직까지도 감사하고 뿌듯했던, 그야말로 행운이 분명하다. 나는 낯선 곳에서 다시 경험해 볼 수 없을 것 같으면, 아무리 힘들고 어려운 상황이라도 웬만하면 군말 않고 도전하는 편이다. 그 경험들이 곧 미래에 행운이었다고 말할 수 있는 중요한 기회가 될 가능성이 많기 때문이다.

이란에 머무는 동안 내겐 두 번의 행운이 찾아왔다. 첫 번째 행운은 한국과 이란의 배구 아시안컵 결승경기를 관람할 수 있었던 것이고, 두 번째 행운은 이란 주재 한국대사관 주최의 개천절 파티에 참가할 수 있었던 것이다.

생각해 보라. 나 같은 유학생이 언제 근사한 대사관 파티에 초대될 수 있을까. 그것도 이란에서! 낯선 땅에서 열린 개천절 파티에서 가족보다 그립던 한국음식을 먹을 수 있었다심지어 꿈에서나 보았던 잡채를 먹을 수 있었다. 그땐 이란에 도착한 지 얼마 되지 않아 한국음식이 먹고 싶어 헛것이 보이던 시절이었다. 게다가 한국대사관은 치외법권 지역으로 한국 땅으로 간주되기에 약간의 알코올과 어느 정도의 노출이 허용되는 자비로운(?) 곳이었다. 이게 행운이 아니고 무엇인가.

그날 밤은 내게도 그리고 나와 같이 파티에 참석했던 이들에게도 들뜨고 신나는 꿈만 같던 밤이었다. 다만 약간 아쉬웠던 것은 다른 대사관과 국경일이 겹치는 바람에 며칠 앞당겨 치러진 국경일 행사였다는 것이지만, 꼭 10월 3일이 아니면 어떠랴. 한민족의 개국이념을 타국에서도 이어 알린다는 것 자체가 의미 있는 일이니까. 그런 뜻 깊은 자리에 참석할 수 있는 것만으로 영광이었다. 이란 주재 한국대사관의 대사님, 공사님을 뵙고 같은 이란에 있어도 평소에 만나기 힘든 한국분들을 만나 대화를 나눌 수 있는 그야말로 뜻깊은 시간이었다. 그렇기 때문에 그날은 그저 '재미있는 날'로 치부되기에는 아쉬울 만큼 의미 있는 시간이었다.

정갈하게 차려진 한식은 파티 음식으로도 손색이 없었다. 그 자리에 참석한 외국인들도 한국음식을 맛있게 먹었다. 하지만 나보다 맛있게 먹지는 못했겠지. 은은하게 울려 퍼지는 한국의 전통가락과 선선한 가을 날씨, 이 3박자가 완벽하게 어우러졌던 개천절이었다. 그날은 단지 하루의 휴일이 아니라 내가 해외에서 처음 맞는 새로운 의미의 국경일이었다.

또한 그날 밤엔 평소에 볼 수 없었던 이색풍경이 펼쳐졌다. 이란 땅 한가운데 있는 대사관 사저에서 답답한 루싸리를 잠시나마 벗을 수 있었다는 것이다. 입구 한편에 여성들이 외투와 루싸리를 벗고 파티복으로 갈아입을 수 있도록 공간이 특별히 마련되어 있었다. 나도 그날만큼은 곱게 화장하고 치마와 재킷을 입을 수 있었다. 이란에서 치마를 입고 있는 느낌은 형용하기 힘들 만큼 날아갈 듯 가볍고 이색적인 기분이었다. 마치 서울 한복판에 있는 듯한 착각이 일었다.

좀처럼 한국 사람을 만날 수 없었던 테헤란에서, 평소에 어디에 숨어 지내셨는지정확히 말하자면 내가 모른다는 이유로 그날만큼은 정말 많은 한국분들이 같은 테헤란 하늘 아래 살고 있다는 것을 눈으로 확인할 수 있어 힘이 절로 솟아 정말 든든한 기분이 들었다. 한손에는 한국음식을 들고, 각종 기업 관계자분들이나 후배들, 외국인들과 마음 편히 대화를 나누고 있는 그 시간이 꿈처럼 느껴졌다. 가장 적당한 표현이다. 꿈같았던 하루.

더불어 다시 한 번 이란 내의 한류를 실감할 수 있었다. 한복을 입고 온 이란인들을 포함해 한국에 관심이 많은 테헤란대학교 학생들과 이야기하며 즐거운 시간을 보냈다. 특히 기억에 남는 이란 소녀 한 무리가 있었는데, 그녀들은 SS501과 〈꽃보다 남자〉의 광팬이었고 심지어 나를 '언니'라 불렀다. '비터언니'라고.

그날이 바로 오늘만큼은 시간이 더디게 갔으면 좋겠다고 느낀 테헤란의 첫 번째 밤이었다. 하지만 그런 시간일수록 잡아 메어놓고 싶어도 쏜살같이 흘러가 버린다. 영원히 끝나지 않을 것 같던 파티도 어느새 끝이 나고 집으로 돌아가는 길은 흡사 자정이 넘을까봐 노심초사 구두 한 켤레 벗어 놓고 떠나는 신데렐라와 같았다. 벗어 놓을 구두는 없었지만 내 맘 한쪽 떼어 거기에 두고 오고픈 심정이었다. 기분 좋은 파티 후 다시 옷을 갈아입고 루싸리를 쓴 채 바퀴벌레만이 맞이해 주는 기숙사로 돌아가는 귀갓길은 평소보다 더 쓸쓸해서 왠지 모를 상실감에 우울한 마음이 스멀스멀 기어 나왔다. 하룻밤 테헤란의 신데렐라가 되어 파티를 즐길 수 있었던 그날의 개천절 파티는 다시는 경험해 보기 힘든 색다른 경험이었고 그래서 내겐 행운이었다.

또 한 번의 기분 좋은 행운은 이란에서 열린 배구 아시안컵 결승전을 코앞에서 관람할 수 있었던 것이다. 게다가 한국과 이란이 맞붙은 대망의 결승전이었다는 사실! 평소에 배구에 크게 관심이 없었던 내가 아는 선수라곤 김요한 선수밖에 없었다. 그 선수에 대해서도 아는 것이라곤 훤칠한 키와 잘생긴 얼굴뿐이었다. 하지만 직접 경기를 보고 나니 그를 단지 잘생긴 배구선수 정도로만 기억하고 있는 것이 미안했다. 그는 화려한 플레이와 몸을 사리지 않는 살신성인의 자세로 우리 팀의 공격전선을 이끄는 훌륭한 선수였다.

이란에서 직접 본 배구는 다른 스포츠만큼 흥미진진하고 손에 땀을 쥐게 할 만큼 역동적이었다. 특히 결승전이 주는 긴박감은 경기를 2배로 재미있게 만들었다. 이렇게 재미있는 배구경기를 무료로 관람한 것이 미안할 정도였다. 보는 내내 늘씬늘씬 장신의 배구선수들의 스파이크는 지켜보는 내 속을 후련하게 해줬다. 특히 그날따라 내 눈에 들어오는 선수가 있었는데, 그 이름마저 정말 '선수스러운' 한선수 선수였다! 잘생긴 외모도 그렇지만 코트의 끝과 끝을 누비며 성실하게 경기에 임하는 한선수 선수의 부지런한 매력에 빠져 이란에 있던 처음 몇 달은 '한선수 앓이'를 하기도 했다. 한선수 선수 덕분에 처음 몇 달을 행복하게 지낼 수 있었다. 한국에 돌아와 한선수 선수가 이미 결혼했다는 소식을 접하고 그에 대한 마음을 접었지만…….

이전에 열렸던 카타르와의 준결승 경기에선 우리가 카타르를 여유 있게 따돌리고 결승에 진출했다. 경기장이 한산해 응원하는 관중들은 한국 교민들밖에 없었기 때문에 경기가 끝난 뒤 우리는 선수들을 기다리고 있다가 사인도 받고 함께 사진도 찍을 수 있었다. 우리 팀이 이긴 건 기뻤지만 하필이면 우리가 맞붙을 결승 상대가 홈팀 이란이어서 왠지 더 흥미로울 것 같은 예감이 들었다. 사실 대한민국과 카타르와의 경기는 관중이 많이 없어 다소 썰렁했다. 물론 덕분에 우리의 작은 응원으로도 선수들에게 천군만마의 힘을 실어줄 수 있었다. 카타르 응원팀이 없어 우리의 응원만이 경기장에 맴돌았고, 우리 선수들은 먼 타국 땅에서 분명 우리들의 응원소리를 듣고 힘을 냈을 것이다.

결승전은 내 생각과 다르지 않았다. 그렇게 휑하던 테헤란 아자디스타디움은 가는 길부터가 전쟁이었다. 이란의 국민 스포츠인 배구의 인기를 실감케 했다. 아자디스타디움으로 들어서기 훨씬 전부터 차들은 이미 정체상태였다. 아니나 다를까 우리도 예정시간보다 살짝 늦어 가는 도중에 라디오 중계로 경기상황을 들으면서 이동해야 했다. 우리가 경기장에 도착하자 대사관분들은 이란 국민을 자극하는 행동을 하지 말 것을 신신당부하셨고 우리 팀이 이길 경우에는 경기가 끝나는 즉시 빠져나오라는 '스릴 있는' 지령을 내려 주셨다. 전쟁터에 들어선 듯 비장한 각오로 우리에게 할당된 관중석을 찾아 앉았다. 세상에나!

우리 맞은편으로는 검은 처도르 물결이었다. 이란 관람객들로 미어터지기 일보 직전인 관중석에선 목청 높은 응원소리가 흡사 스타디움의 천장을 날릴 것만 같이 웅장하게 경기장을 압도하고 있었다. 한 가지 재미있는 사실은 실외스포츠인 축구경기엔 여성들의 관람이 제한되지만, 실내스포츠인 배구경기는 여성들의 관람이 가능하다는 것이다. 그래서인지 관중석의 거의 반 정도는 여성들이 채우고 있었다. 그녀들의 뜨거운 응원 때문인지 우리 선수들의 사기가 준결승 경기 때보다 떨어져 보일 정도였다. 홈팀의 극성스러운 응원에도 우리 선수들은 잘 싸워 주었다.

이란 주재원분들과 가족분들 그리고 우리는 꽹과리와 징을 동원해 비장의 응원구호인 '대한민국~ 짜짜짜짝짝!'을 목이 쉬어라 소리쳤지만, 이미 경기장을 뒤덮은 이란의 응원소리에 묻혀 사라지기 일쑤였다. 하지만 의지의 대한민국은 그리 호락호락 한 상대가 아니었고 쉽게 우승컵을 내주지 않았다. 주거니 받거니 득점을 하고, 실점을 하면서 긴장감 넘치는 게임이 펼쳐졌다. 난생 처음 타국 땅에서 직접 보는 배구 결승전은 2002년 월드컵 때보다 재미있고 흥분감이 넘쳤다.

하지만 이란팀은 강자였다. 배구에 문외한이라 몰랐던 것뿐이지 이란은 아시아배구랭킹에서 늘 상위권에 랭크되는 배구 강국이었다. 우리 선수들도 잘 싸웠으나 아쉽게 준우승을 차지해야만 했다. 한편으로는 무서울 정도의 열기를 내뿜었던 이란의 홈 경기에서 홈팀이 우승한 것이우리의 안전상 어쩌면 다행이란 생각도 들었다. 만약 우리가 이겼다면…….

이란팀이 이겨서였을까, 이란 관중들은 기분이 매우 좋아 보였다. 경기장을 빠져 나와 버스를 타는데, 우리 버스 양옆으로 이란 관중들이 우리에게 한국팀의 응원을 따라해 주었다. 우리는 이란어로 축하한다고 외쳐 주었다.

"모버라케!"

그렇게 버스 양옆의 창문을 열고 흥분한 이란 관중들과 주거니 받거니 축하한다는 말을 주고받으며 스타디움을 빠져 나왔다.

그날 이란인들은 악기를 불고 경적을 울리며 승리의 기쁨을 숨기지 않았다. 나 역시 그들과 동화되어 신나고 열띤 분위기에서 빠져 나오는 것이 못내 아쉬웠지만 우리의 안전을 염려한 대사관 측의 안내로 무사히 기숙사에 도착할 수 있었다.

이렇게 두 번의 행운은 지금 다시 생각해도 빙긋 웃음 지어지는 경험들이었다. 덕분일까. 매일 무료한 일상을 지내다 보면 우연히 이란에서 찾아왔던 이런 행운들이 간절해질 때가 있다. 어느새 나도 거창한 횡재보다 내게 먼저 다가온 소박한 행운에서 더 큰 행복을 찾을 수 있을 만큼 성장해 있었다.

# 테헤란의 이방인은 외롭지 않다

니여바린 공원에서 알게 된 써레와 닐루. 우리는 비슷한 연령대가 느낄 수 있는 어떤 동질감과 함께 서로에 대한 호기심으로 금방 가까워질 수 있었다. 써레와 닐루 역시 외국인과 친해지는 것에 특별히 두려움이나 반감이 없는 개방적인 아가씨들이었다. 써레와 닐루는 테헤란의 이탈리아 학교를 다니는 전형적인 부잣집 따님들이다. 하지만 재미있는 건 정반대의 집안 환경과 성격을 가진 친구 사이란 점이었다. 나는 이 둘을 볼 때마다 내가 즐겨 보던 미국드라마 〈가십걸Gossip Girl〉이 떠올랐다. 〈가십걸〉에 등장하는 세레나와 블레어처럼 너무 다른 두 아가씨, 절대로 친구가 되지 못할 것 같은 그들이 티격태격하면서 서로의 연애, 학업, 인생을 지배하고 있다는 게 정말 똑같았다. 써레와 닐루도 전혀 어울릴 것 같지 않지만 둘이 함께 있어야만 최고의 시너지효과를 내는 친구 사이였다.

써레와 닐루는 모든 비밀을 함께 공유하고 고민을 나눌 정도로 10년이 넘는 세월을 함께한 절친이다. 정말 부러운 건 써레와 닐루의 가족들 역시 이들처럼 허물없이 서로 돕고 의지하며 사는 이웃사촌이라는 점이다. 나도 어렸을 때부터 이런 친구 하나쯤 있었으면 좋겠다고 생각했다. 그래서 그 친구 집에서라면 하룻밤 자고 오는 것을 부모님도 흔쾌히 허락해줄 만큼 두터운 친분을 가진 친구 사이, 그게 나의 로망이었다. 그래서 둘 사이를 지켜보고 있으면 샘날 정도로 부러울 때가 많았다. 그 둘 사이에는 비집고 들어갈 틈이 없어 보였기 때문이다. 나는 왜 진작 이런 친구 하나 만들지 못한 것일까. 서로의 부모님을 자기의 부모님처럼 생각하며 친딸처럼 곰살맞게 굴고 상대방 가족의 대소사까지 챙기는데 어찌 예뻐 보이지 않을까! 서로를 걱정하며 모든 것을 함께 나눌 수 있는 친구가 있다는 것은 동서고금을 막론하고 인생에서 가장 가치 있다는 걸 이들을 보며 다시금 깨달았다. 지금이라도 이런 친구를 만들기 위해선 나부터 그런 친구가 되어줘야 한다는 사실도 함께!

닐루의 아버지는 닐루가 어렸을 때 외교관으로 근무하셨다. 그래서 어릴 때부터 오랫동안 이탈리아와 시리아 등 이란을 벗어나 살았다고 한다. 그래서인지 닐루는 화끈하고 솔직한 편이다. 자기표현에도 거침이 없으며 써레와는 다르게 처도르를 쓰지 않고 루싸리를 쓴다. 그런데 그 루싸리도 뒷머리에 살짝 걸치기만 한다. 이란 여성들의 패션에 관심이 많았던 내게 닐루는 항상 좋은 관찰대상이었다. 그만큼 닐루의 패션센스는 최고다! 가끔씩 닐루가 입은 옷이 예뻐 보일 때면 비슷한 디자인의 옷을 따라 사서 시도해 보았다. 지난여름에는 닐루가 자주 입고 다니는 디자인의 망토를 샀는데 내게는 어울리지 않았다. 닐루만의 그 묘한 매력은 절대 흉내 낼 수가 없다. 닐루는 치아에 작은 보석을 박아 말할 때마다 입에서 블링블링 빛이 나기도 한다. 여름에는 까맣게 태닝을 하고 주렁주렁 장식이 달린 허리띠와 가끔은 살짝 난감한 패션을 즐기는 등 외모에 신경을 아주아주 많이 쓰는 친구다. 양말 하나 아무거나 신지 않을 정도로 말이다.

오랜 외국생활로 인해 개방적인 닐루의 집과는 정반대로 써레의 집은 독실한 무슬림 신자다. 특히 써레는 아버지의 영향을 많이 받았는데, 나는 써레네 아버지를 뵈면서 무슬림에 관한 많은 편견을 깰 수 있었고, 극진적인 무슬림과 신실한 무슬림의 차이도 알게 되었다. 써레의 아버지는 내가 여름에 이란을 다시 방문했을 때 처음 뵐 수 있었다. 써레 아버지는 등산을 즐기시고, 시를 좋아하시며, 과묵하신 사나이 중의 사나이다. 그러면서도 다정하고 정이 많으시다. 함께 람싸르 지역으로 여름휴가를 갔을 땐 은근슬쩍 내 앞으로 맛있는 반찬을 끌어 놓으시고는 모른 척하기도 하셨다. 이런 면은 마치 평범한 우리네 아버지와 닮아 있었다.

또한 써레 아버지는 신실한 종교관 때문에 한 번도 술을 드신 적이 없고, 담배도 피우지 않으시며 가족을 아끼는 진정한 무슬림이다. 시아 이슬람을 국교로 정하고 있는 이란에서는 거의 대부분이 무슬림 신자라고는 하지만 그 독실한 정도에 차이가 있는데, 써레네는 매우 신실한 종교관을 가지고 있다. 아무래도 아버지의 영향이 커 보인다.

그래서 써레는 항상 시간을 지켜 무슬림식 기도를 올리고, 써레 어머니가 직접 만들어 주신 처도르를 입는다. 처도르는 까맣거나 회색의 어두침침한 색이라 예쁘지 않다고 생각했는데, 어머니표 처도르는 그 색감과 아름다움이 말로 표현할 수 없을 만큼 매력적이고 화려하다. 신기하게도 써레네 엄마가 만든 처도르를 보고 있으면 우리의 한복과 그 느낌이 비슷하다.

오래전 우리 여인들이 한복 두루마기를 머리에 걸친 듯한 느낌이 난다. 한복을 입은 여인처럼 처도르를 입은 여인은 단아하고 전통적인 매력을 풍긴다. 그래서 써레집 여자형제들은 유독 행동과 선이 곱고 여성스럽다.

써레 역시 닐루의 패션감각에 지지 않는 뛰어난 패션센스를 자랑하는데, 특히 처도르 안의 루싸리를 고르는 센스는 내가 본 이란 여성들 중 최고다. 처도르를 입어도 색깔이 화려한 실크 소재의 과감한 루싸리를 즐겨 쓴다. 이 때문인지 써레를 보면 우리나라 조선시대의 양반집 규수의 이미지가 떠오른다.

특히 우리는 써레의 형제들과 서슴없이 친해졌다. 그들은 이란생활 동안 우리에게 물심양면으로 도움을 준 고마운 친구들이었고, 써레 어머니는 한국 어머니의 사랑을 떠올리게 할 만큼 푸근하고 인정이 많으시다. 손이 크셔서 우리가 갈 때면 언제나 푸짐한 저녁을 차려 주시기도 했다. 우리 모두를 친딸, 친아들처럼 대해 주시며 이별의 순간에는 누구보다 슬퍼하셨다. 어머니가 만들어 준 터키식 커피가 너무나도 그립다. 그 맛이, 그리고 그 정情이…….

써레네는 아스머, 싸저드, 써레, 싸드러, 싸머 이렇게 총 3남 2녀의 대가족이다. 그 가족의 구성원이 되어 함께 이야기하고 즐기던 순간에는 이란에 제2의 가족이 있는 것처럼 든든한 울타리로 느껴졌다. 아스머는 나와 동갑내기 친구인데 1년 전 이미 결혼을 했단다. 말하는 게 아주 매력적인 여성이다. 싸저드는 니여바런을 흔들고 다니는 바람둥이다. 니여바런에서 행해지는 '도루도루의 제왕'이라고 우리가 별명을 붙여 주었다. 그리고 싸드러는 언제나 묵묵히 케밥을 굽고, 조걸물담배를 피우기 위해 불을 피우는 숯을 굽는 사나이 중의 사나이다. 내가 보기엔 싸드러가 아버지와 꼭 닮았다. 그리고 막내 싸머는 공부를 열심히 하는 똑똑한 아가씨인데 큰 눈이 인상적이다.

다시 써레와 닐루의 이야기로 돌아와서, 이 둘은 서로 다른 환경에서 자라 각기 다른 가치관을 가지고 있지만 옆에서 지켜보는 것만으로 재미있는 친구들이다. 닐루는 이란의 국민차 '푸조 206'을 직접 몰고 다니는 터프한 아가씨이고, 써레는 눈물이 많은 조신한 아가씨인데 둘 다 워낙 매력둥이들이라 남자들의 대시가 끊이지 않았다. 두 사람은 이상형도 하늘과 땅 차이이다. 써레는 다정다감한 남자를 좋아하고, 닐루는 남자다운 터프한 남자를 좋아한다. 어느 것 하나 닮은 것이 없는 써레와 닐루지만 따뜻한 마음을 가진 내 친구들이라는 점은 다르지 않다.

한국에 돌아와, 〈가십걸〉을 다시 보고 있자니 쎄레와 닐루, 두 아가씨의 좌충우돌과 티격태격 다투는 모습을 바로 옆에서 지켜봤던 것도 이젠 참 좋은 추억이구나 싶은 마음이 어느새 내 입꼬리를 슬며시 올라가게 만들었다.

이란은 국가적으로 술도 금지, 노출도 금지, 자유연애도 금지되어 있다. 이런 얘기를 해주다 보면 필연적으로 돌아오는 질문이 있다.

"아니, 그럼 대체 이란 사람들은 어떻게 산다는 거예요?"

물론 술이 금지된 이란에는 술집도 없고 나이트클럽 등의 유흥주점도 없다. 술이 없기에 음주운전이란 개념도 없다. 그래서 치안단속을 위한 불심검문은 있지만 음주운전을 단속하는 현장은 볼 수 없다. 그렇다고 이들이 정말 술을 마시지 않을까? 자유연애를 하지 않을까? 태어나서 한 번도 노출을 해본 적이 없을까? 분명 그렇지 않다는 걸 우린 알고 있다.

이란의 중산층 가정에는 대부분 위성수신기가 달려 있다. 가정에서는 그 수신기를 통해 위성방송을 시청하는데 미국이나 유럽에서 살고 있는 이란인들이 방송하는 프로그램들과 인근 국가들의 신호를 잡아 그 나라의 방송을 시청한다. 한 번은 아스머의 집에 초대 받아 다 같이 텔레비전을 본 적이 있었다. 텔레비전에선 아랍 가수들의 자극적인 뮤직비디오가 방송되고 있었고, 난 얼굴이 화끈거렸다. 오히려 그네들은 덤덤하게 텔레비전을 시청하

고 있었다. 처도르를 쓴 이란 친구를 포함한 그의 식구들과 자극적인 뮤직비디오의 조합이 조금 아이러니한 광경이었다.

그런데 갑자기 싸저드가 이번 주에 아주 'Hot'한 '메흐무니'가 있다며 우리를 초대하겠단다. '메흐문'이란 원래 손님을 뜻하는 이란 말인데, '메흐무니'란 손님을 초대해 같이 식사하고 차도 나누며 보내는 사교적 초대를 뜻하는 단어로 이란에서 널리 쓰이는 말이다. 그러다 최근 이 단어가 이란 젊은이들 사이에서 조금 변형된 형태로 쓰이고 있다. 즉 간단하게 말하여 파티 정도가 된다.

써레의 오빠 싸저드에게 처음 메흐무니에 초대받아 참석했을 때 난 상상도 못했던 광경을 보고 정말 강한 충격을 받았다. 내 눈앞에 펼쳐진 광경에 나는 한동안 멍하게 있을 수밖에 없었다.

'아니, 이란 맞아? 여기가 이란 맞냐고?'

정말 큰 규모의 파티가 열린다고 하여 싸저드를 따라간 곳은 그냥 일반주택이었다. 이곳에서 무슨 파티가 열린다는 말인지 들어가 보기 전까지는 의아할 수밖에 없었다. 입구에서는 초대받은 사람들의 명단으로 이름과 얼굴을 일일이 확인하고, 동행까지 확인한 다음에야 문을 열어 주었다. 대개 이런 메흐무니에는 주최자가 초대한 사람만 참여할 수 있다. 이란 내에서는 엄연히 불법이기에 참여하기가 상당히 까다롭다. 이런 규모의 파티에 내가 초대될 수 있었던 건 순전히 발 넓은 싸저드 덕분이었다. 무료한 이란생활 중 이때의 파티는 정말 잊을 수 없는, 재미있는 추억이자 활력소가 되었다.

주택에 들어선 순간 세련된 주택의 구조에 한 번 더 놀랐다. 이란의 가정집은 대개 모여서 수다 떨기 좋아하는 가족 중심 문화의 영향으로 큰 거실과 상대적으로 작은 방들로 배치되어 있다. 하지만 파티가 열리는 집은 그보다 훨씬 세련되고 모던한 형태의 건물이었고 내관도 그에 걸맞게 꾸며져 있었다. 나는 건물 안으로 들어가자마자 탈의실로 안내받았다. 얌전하게 루싸리를 쓰고 들어왔던 여성들이 이곳에서 옷을 갈아입고 다시 메이크업을 고치고 있었다. 그녀들은 완벽한 변신을 끝내고 암스테르담이

나 파리에서 열리는 파티에 입장하듯, 세련된 파티드레스에 화려한 헤어스타일과 액세서리로 치장하기 시작했다. 이런 파티에 참여하는 젊은이들은 대개 부유층의 자제들이다. 그러다 보니 외국문화 경험이 많아 이러한 파티문화에 익숙하다.

파티장에서는 Maroon5의 〈Moves Like Jagger〉 같은 최신팝이 흘러나오고 전문 DJ까지 섭외되어 파티의 분위기를 절정으로 이끈다. 메흐무니를 위한 전용건물이 있는 부자들도 있는데, 그런 주택은 방음시설까지 완벽히 갖춰져 있다. 그래서 스피커에서 터져 나오는 큰 음악소리도 현관문을 닫기만 하면 완벽하게 차단된다. 신나게 춤을 추고 어디선가 구해 온 술로 마가리타와 데킬라 음료를 만들어 마시며 새벽까지 그들의 메흐무니는 계속된다. 하지만 이렇게 제공되는 술들은 보통 국경지대로부터 들여온 밀주인 경우가 많아 건강을 위협하기도 한다. 그 자리에서 나는 신정국가인 이란의 다소 충격적인 이면을 경험할 수 있었고 절대 잊지 못할 추억을 간직할 수 있었다.

하지만 이런 메흐무니 뒤에는 젊은이들의 현실적인 고충이 숨어 있다. 이란 젊은이들이 사회에서 당당히 활동할 자리가 없는 편이기 때문에, 순탄하게 대학을 다니고 취업하는 젊은이들은 그리 많지 않다. 대학을 졸업해도 그들을 받아 줄 곳이 많지 않아 일자리가 매우 부족한 형편이다. 이란이 아직까지 경공업, 농업, 수공업 등의 산업에서만 제한적으로 발전되어 왔고 그 결과 교육수준이 점점 향상되고 있는 이란의 젊은이들로선 그들에게 맞는 일자리를 찾기 힘들어 갈 곳을 잃고 있다. 또한 졸업 후 취업이 된다 해도 지속적으로 상승하는 물가로 인해 그 월급으로는 가족을 부양하기가 힘든 경우가 많다.

그나마 상황이 나은 테헤란 북부지역의 젊은이들도 어려움 없이 자라온 환경 탓에 그들만의 세계에 갇혀 있다. 특정한 목표 의식 없이 부모님의 재력으로 그저 좋은 차를 타고 다니고 좋은 옷을 입고 좋은 집에 살다 보니 그들을 자극하는 사회적, 경제적 동기를 현재의 이란에서는 찾기가 힘들다. 이렇게 양극화가 심해지고 있는 젊은 세대들은 개개인의 사회적인 박탈감과 속박에서 잠시라도 벗어나 재미와 쾌락을 위해 메흐무니를 찾는다.

이란에는 조금이라도 돈을 더 벌기 위해 학교 수업을 마치고 택시 운전을 하는 젊은이들도 있고, 아예 학교도 다니지 못하고 공사판에서 일하는 젊은이들이 있는 반면, 예쁘고 멋있게 치장한 채 해외 최신 팝이 흘러나오는 메흐무니를 찾아다니는 젊은이들도 있다. 얼른 이들이 보다 자유롭게 할 수 있고, 볼 수 있고, 느낄 수 있는 것들이 더욱 늘어나 스스로에게 가장 필요한 인생의 동기를 찾는 일, 삶의 목적을 찾는 일에 자발적으로 노력할 기회가 늘어났으면 좋겠다. 메흐무니도 좋다. 하지만 더 건설적이고 발전적인 스트레스 해소의 창구역할을 할 수 있는 것이 있어야 한다.

지금 이란의 젊은 세대들에겐 삶을 윤택하게 해줄 수 있는 그 무엇인가가 간절하다.

최근 황당한 기사를 보았다. 이란 신문에서 그 기사를 보고는 한동안 "이게 뭐야"라는 말을 내뱉을 정도로 황당하고 화가 났다. 이미 사회 다방면에서 활발하게 활동하고 있는 내 친구들이 생각났기 때문이다. 기사의 내용인즉 실용적 학문, 그러니까 졸업 후 사회진출이 용이한 몇몇 유망학과에 여학생들의 입학을 불허한다는 내용이었다. 이 황당한 뉴스는 왠지 이란이니까 가능한, 그야말로 '이란스러운' 뉴스였다. '아, 역시 이란은 이슬람교를 국교로 하는 신정국가였구나'라는 걸 새삼 깨닫게 되니까, 내게는 정말 자유롭고 평화롭게만 느껴지던 이란이 이럴 때만큼은 거리감이 느껴진다.

이란 정부는 고등교육을 받은 엘리트 여성들을 두려워하는 것이 분명하다. 이미 오래전 이란 대학생의 여성 비율은 전체의 50%가 넘었다. 이란 여성들도 대부분 우리나라처럼 고등학교를 졸업한 후 대학에 진학하고 졸업 후에는 취업을 생각한다. 그녀들은 사회로의 과감한 진출을 선택해 자신들의 커리어를 쌓아가고 있고, 그중의 일부는 골드미스로 살아가는 것을 두려워하지 않는다. 이러한 현상들로 인해 자연스럽게 여성들의 결혼시기가 늦춰지고 맞벌이는 이미 흔한 일이 되었다. 이란의 경제, 사회, 문화 등 전반적인 부분에서 여성들의 활약을 부인할 수 없는 상황이 온 것이다.

그렇다면 이란 정부는 여성들의 사회진출을 왜 두려워하는 것일까?

사실, 다수의 이슬람국가에서는 《코란》의 가르침에 따라 여성은 보호받아야 하는 나약한 존재로 인식되고 있다. 《코란》에도 여성은 남성의 소유물 혹은 보호받아야 하는 대상이라는 개념이 명시된 구절이 있다. 그로 인해 《코란》을 최고의 말씀이자 법으로 여기는 이슬람국가의 여성은 자연스럽게 차별되어 왔다. 하지만 다른 이슬람국가들과 달리 이란은 조로아스터교 문화를 바탕으로 한 독자적이고 특징이 뚜렷한 자신들만의 이슬람을 형성하며 발전시켜 왔고 그 결과, 타 이슬람국가들에 비해 여성들의 권리와 자유가 보장된 편이다. 이란의 여성들은 운전도 하고 여성의 운전이 금지된 이슬람국가들도 있다 고등교육을 받고 살고 있으며 스스로 자신들의 권리를 찾기 위해 혼신의 힘을 다해 노력해 왔다. 노벨평화상을 수상한 시린 에바디Shirin Ebadi로 대표할 수 있는 이란의 여성상과 그녀를 꼭 닮은 이란 여성들이 있었기에 미약하게나마 여권이 더욱 강해질 수 있었다고 생각한다. 이처럼 여성의 강인한 생명력과 총명함을 무기로 최근에는 여성 부대통령이 이란을 위해서 활발히 활동하고 있기도 하다. 그런데도 그저 이슬람국가이기에 이란에선 이런 황당한 일도 벌어질 수 있구나 싶었다.

여성들의 사회진출이 활발해지고, 사회에서 여성의 능력을 인정받으면 그녀들이 가만히 있지 않을 것이 분명하다. 자신들이 느끼는 차별과 제약에 대한 반감을 사회를 향해 표출할 것이다. 잘 굴러가는 자동차처럼 보이는 이란은 사실 사회적으로 많은 문제를 가지고 있고, 이란 정부는 그때그때 강압적인 제재로 그들을 다시 빈병 안으로 밀어 넣고 있다. 하지만 빈병의 코르크 뚜껑은 밖에서 보이지 않는 움직임과 응축된 힘으로 언제 폭발할지 모르는 상황이고 그저 억지로 막아놓은 것뿐이다. 그렇기 때문에 여성들이 더 큰 압력을 가하지 않도록 이란 정부는 미리미리 제어하고 있는 것으로 보인다.

이 기사를 접하고 가장 먼저 생각 난 사람은 나의 베스트프렌드 '누쉰'이었다. 사실 누쉰과 한국에서 만났다면 친구가 될 수 없었을 거다. 누쉰은 나보다 한국 나이로 두 살 많은 언니였고 다소 새침한 첫인상으로 인해 친해지기 힘들었다. 하지만 기숙사의 하우스 메이트로 지내면서 어쩔 수 없이 매일 얼굴을 보고 살을 부대끼다 보니 그녀의 참모습을 볼 수 있었고 어떠한 사회적, 관습적 제약 없이 그저 편한 친구로 관계를 맺을 수 있었다.

나는 이란 외무성 산하의 학교에서 공부했는데, 우리나라로 치면 외교통상부와 같은 정부부처 소속의 대학원이다. 때문에 우리 학교이란 외무성 학교 졸업생들은 이란을 대표하는 외교관이 되거나, 외교통상부에서 일하게 된다우리나라로 치면 외교통상부의 공무원인 셈이다.

두 번째 이란 방문 전, 주한 이란대사관에서 비자 인터뷰가 있었다. 그때 날 인터뷰했던 외교관이 바로 우리 학교 출신이었다. 그의 이름은 '호세인 다르비쉬'였다. 다르비쉬는 내게 학교생활이 힘들지 않은지, 이란생활에 힘든 점은 없는지 하나하나 신경 써 주며 나의 비자 발급을 친절히 도와주었다. 우리는 같은 학교 출신이라는 공통점을 기반으로 약 한 시간 가까이를 정식 인터뷰와 관련 없는 수다를 나누는 데 썼다. 반가운 마음에 버벅대는 이란어로 학교 이야기, 친구들 이야기, 테헤란 이야기 등을 신나게 나누고 정작 정식인터뷰는 간단히 1분 만에 끝났다. 한국에서 타파해야 할 관습이라 치부했던 학연의 수혜를 뜻하지 않게 받은 것이다. 그리고 지금까지도 다르비쉬는 내게 많은 도움을 주는 친구가 되었고, 그의 가족들과도 친해지게 되었다. 그의 막내딸인 어버는 통통한 볼과 수줍음이 매력적인 꼬마아가씨다. 내가 그의 집에 초대받아 점심을 먹고 집에 가려 하자 내가 가는 것이 싫어 엉엉 우는 순박한 아이였다.

우리 학교는 모든 교육비 일체가 정부에서 지원이 되기 때문에 전국 각지의 뛰어난 학생들이 '테헤란드림'을 꿈꾸며 테헤란으로 올라온다. 기숙사와 학교에서 세 끼의 식사까지 제공되기 때문에 경제적 부담이 없어 이곳으로 유학을 오고 싶어 하는 것이다. 그중에서도 내가 놀란 것은, 재학생 중 여학생의 비율이 압도적이라는 것이다. 게다가 성적이 좋은 우수학생들도 대부분 여성들이다. 누쉰은 그 우수학생들 중에서도 1등을 하는 베스트 오브 베스트 우등생이었다.

우리 학교는 규율이 매우 엄격한 편이라 학생들은 모두 점잖게 말하고 신사, 숙녀와 같은 모습을 유지한다. 특히 여성들은 등교 시 모두 검은 처도르를 쓰고 검은 마그나에를 입으며 그 속에는 검은 망토를 입는다. 그래서 그녀들이 우르르 몰려다니면 약간의 무서움과 위화감이 들기도 했고, 한편으로는 귀여운 까마귀떼가 이리저리 몰려다니는 모습 같아 우습기도 했다. 하지만 무엇보다 중요한 것은 검은 처도르 속에 감춰진 그녀들의 진지한 눈망울은 수정보다 빛나고 맑다는 것이다.

순간 한국에서 나의 대학생활을 떠올려 보았다. 한손에는 테이크아웃 커피를 들고 한쪽 어깨에는 브랜드백을 메고는 또각또

각 불편한 하이힐과 함께했던 시절이었다. 가끔 그때의 사진을 꺼내 보면, 사진 속의 아직 익숙지 않은 화장처럼 대학생도, 직장인도 아닌 살짝 어설픈 모습에 얼굴이 괜히 붉어진다. 아마 나만 그랬던 것은 아닐 것이다. 물론 열심히 공부하는 많은 학생들이 있다. 중고등학교의 제한된 환경에서 봉인이 해제된 대학생들이 성인이 돼서 할 수 있는 건 너무 다양하기 때문이다. 열심히 도서관을 지키며 공부하거나 강의시간에 빠지지 않고 열심히 하는 것도 그중 하나였을 테지만, 내 관심 밖이었다.

그래서일까? 이란에서 만난 친구들은 그런 내 대학생활을 부끄럽게 만들기에 충분했다. 배움에 대한 열정만으로 고향을 떠나 타지생활을 하며 열심히 공부하는 학생들이었고, 그들은 내가 본 어떤 이들보다 순수한 사람들이었다. 기숙사에 돌아오면 처도르를 가차 없이 벗어던진다. 꽉 붙는 쫄바지와 귀여운 캐리커처가 그려진 반팔티를 입고 말총머리를 한 채 이층 저층을 왔다갔다 하며 시끄럽게 수다를 떨기 시작한다. 다이어트를 하겠다며 훌라후프를 돌리면서 몸매에 대한 걱정을 한다. 여기가 대학교 기숙사인지 수련회 숙소인지 모를 정도로 그녀들은 소녀의 얼굴을 하고는 해맑게 생활하고 있다.

누쉰은 그중에서도 가장 당차고 똑똑하며 야무지다. 그리고 내가 본 이란인 중에 영어를 가장 잘한다. 영어뿐 아니라 아랍어와 스페인어도 곧잘 한다. 이미 다른 나라로 여러 번 여행을 다녀왔고, 자신의 전공을 살려 세계를 돌아다니며 일하기를 원한다.

때문에 나는 크고 야무진 꿈을 가진 그녀가 훗날 크게 되어도 뭔가 될 줄 알았다. 내가 사람 보는 눈이 있었던 것일까? 한국에 돌아와 빈둥대던 내게 반가운 메시지가 날아왔다. 누쉰이 외무성 정보리서치 분야에서 정직원으로 일하게 되었다는 소식이었다. 나는 내가 취업한 것마냥 눈물이 핑 돌고 기뻤다. 남자친구, 성형, 결혼, 여행, 꿈 등 우리의 청춘을 함께 고민하며 울고 웃던 친구다 보니 내가 잘된 것 이상으로 행복했다. 가끔 지친 내게 말 없이 다가와 안아주고, "비터는 뭐든지 잘해낼 거야"라며 세상 누구보다 고맙고 따뜻한 위로를 건네주었던 누쉰이었다.

내가 그렇게 진심으로 남을 축하해줬던 적이 있었던가. 누쉰 덕분인지 사뭇 새롭고 신선한 자극을 받았다. 타인의 행복이 진심으로 나를 행복하게 할 수 있다는 사실 말이다. 그런 좋은 소식을 듣고도 나는 당장 이란에 달려갈 수 없다는 게 슬펐다. 그 순간 우리의 거리가 새삼 실감났다. 누쉰은 내게 특별한 친구다. 서로 모국어가 다르다 보니 영어와 이란어, 손짓, 발짓으로 대화를 나눌 수밖에 없었지만, 눈빛만으로 내 슬픔을 만져주고 내 기쁨을 함께해준 친구가 그녀였기 때문이다.

특히 누쉰은 똑똑한데다 센스까지 있다. 말도 되지 않은 문장으로 말해도 내가 무슨 말을 하고 싶어 하는지 내 말이 끝나기 전에 먼저 알아듣고선 올바른 이란어로 고쳐 준다. 내가 "저 나무는 이란어로 뭐라고 해?"라고 물으면 "응, 저건 미친머리나무야"라며 정확한 나무의 학명까지 알려주기도 한다. 누쉰은 이렇게 다방면으로 해박한 지식을 가지고 있어 내게 최고의 이란어 선생님이기도 했다. 덕분에 난 실전 이란어 실력을 많이 쌓을 수 있었다. 숙제를 하다가 사전을 찾아도, 수업노트를 뒤져도 모르는 것이 있을 때면 나는 언제나 외쳤다.

"누쉰 코저이누쉰 어디 있어?"

앞서 말했듯 처음에는 누쉰이 조금 깍쟁이 같기도 해서 먼저 다가가기 힘들었다. 기숙사 내에서 늘 우리에게 청소할 곳을 배정해 주고 감독관 노릇을 하는 것도 누쉰이었던데다, 똑소리 나게 자기 의사를 분명히 밝히는 누쉰에게 조금 짜증난 적도 있었다. 반대로 생각해 보면 자기가 맡은 일에 흐트러짐이 없고 언제나 정확한 모습을 추구한다고 할 수 있다. 그러면서도 늘 책을 읽고 공부하는 모습을 보이며, 기숙사의 사감 노릇까지 확실하게 해낸다.

하지만 이렇게 똑 부러지는 그녀는 내가 아는 사람 중 마음이 가장 넓고 따뜻한 사람이다. 내가 아플 때면 먼저 전화해 안부를 묻고 내가 좋아하는 쉬리니를 사왔다. 내가 여행 가는 날, 폭설이 내려 발만 동동 구르고 있을 때에도 누쉰은 이란어가 서툰 날 대신해 사방팔방 전화로 안전을 확인해 주고 챙겨 주었다. 심지어 공항에 열 번 넘게 전화를 해 상황을 확인하는 꼼꼼함도 가지고 있다.

누쉰과 마음을 터놓고 거실 한쪽 구석의 책상 위에 나란히 앉아 이야기했던 날이 있었다. 이란이라는 행선지를 선택했을 때 누구나 확실한 목적 없이 도망(?)을 가면 그러하듯, 내 마음에는 이미 덕지덕지 응어리진 고민거리들이 많았다. 먼 곳으로 무작정 날아오면 따라올 것 같지 않던 고민들이 이란까지 따라와 나를 괴롭혔다. 모두 외출하고 혼자 우울하게 기숙사에 있던 어느 날, 누쉰은 내게 티타임을 제안했다. 이상하게 나는 신부님에게 고해성사하듯 인생 처음으로 누군가에게 100퍼센트 솔직해질 수 있었다. 진심이 담긴 누쉰의 눈동자를 외면하기 힘들었다. 그렇게 토해낸 나의 고민들을 듣고 누쉰은 내게 말해 주었다.

"비터, 모두 좋아질 거야"

누구나 할 수 있는 간단한 말이었지만, 진심이 담긴 그 한마디가 내겐 힘이 되고 잊을 수 없는 격려가 되었다. 그날 이후로 우리는 편지도 종종 주고받았다. 편지에 써내려간 문체에서도 느껴지는 그녀만의 따뜻함이 나의 위로가 된다.

당시 나는 누쉰에게 받은 만큼, 누쉰에게 더 내어 줄 수 없었다는 게 한없이 슬펐고, 한없이 고마웠다. 그런 누쉰과 재회하던 날, 우리는 짜파게티를 끓여 먹으면서 젓가락을 잡는 법에 대해 한 시간을 얘기했다. 정말 사소하고 별거 아닌 대화인데도, 우리는 함께 있는 것만으로도 그저 행복했다. 어느새 학교를 졸업하고 직장인이 된 누쉰은 차도르를 벗고 예쁜 감색 마그나에를 쓰고 있었다. 저 멀리서 반갑게 손 흔들며 나에게 달려와 포옹하는데 몰라보게 예뻐진 것이다. 우리는 길 한복판에서 괴성을 지르며 서로를 얼싸안고서는 서로 알아듣지 못할 걸 알면서도 나는 한국어로, 누쉰은 이란어로 그동안의 반가움을 표현했다.

많이 예뻐진 누쉰, 이건 뭔가 냄새가 났다. 여자는 연애하면 예뻐진다더니. 내 예감은 한 번도 틀린 적이 없다. 너무 씩씩해 약간은 사내 같았던 누쉰이 눈화장도 곱게 하고 립스틱을 바른데다가 살도 10kg은 족히 빠져 보였다. 나의 끈질긴 추궁 끝에 그동안 두 명의 남자가 누쉰에게 프러포즈했다는 사실을 밝혀냈다. 역시 누쉰이다! 더 예뻐지기까지 하다니, 부족한 것이 없는 내 친구다.

우리는 그날 진지하게 머리를 맞대고 남성1과 남성2 중 어떤 사람이 누쉰에게 적합한 남자인지에 대해 끊임없이 토론했다. 그건 확실히 수다가 아닌 토론이었으며, 그 열기로 시간이 가는 줄도 몰랐다. 긴 시간의 토론 끝에 우리가 내린 결론은 마음이 가는 대로 하자는 것. 때론 배를 부여잡고 온몸으로 폭소했고 때론 서로의 등을 토닥여 주었다.

조금 부끄러운 얘기지만 누쉰과 갑자기 친해진 진짜 계기는 따로 있다. 어느 날, 누쉰이 갑자기 내 옆모습을 빤히 이 각도 저 각도에서 바라보더니, "비터 코, 수술했어?"라며 난처한 질문을 던지는 게 아닌가. 부끄러워진 나는 고개를 떨구고 "응"이라고 개미만한 목소리로 대답했다. 그러자 누쉰은 뱃속 깊은 곳에서부터 나왔을 것 같은 굵직하고 힘 있는 웃음을 빵 터뜨렸다. 그리고 이어진 누쉰의 말이 나를 깜짝 놀라게 했다.

"비터, 나도 했어!"

충격이었다. 범생이 누쉰은 이미 스무 살 때 코수술을 했다는 것이었다. 무덤까지 안고 가려 했던 서로의 비밀을 함께 공개하자 우리 사이에 남아 있던 벽은 그날 완전히 허물어졌다. 그날부터 눈이 마주치면 한참 동안 서로 킥킥대며 웃었다. 비밀의 공유는 모르던 이의 낯선 역사까지도 끌어안을 수 있는 친구로 만들어 준다.

누쉰이 꼭 한 번 한국에 왔으면 좋겠다. 그녀와 가볼 곳, 먹을 것, 이야기할 것들이 정말 많다. 한국의 이곳저곳을 다 둘러보며, 때론 서로의 얼굴을 마주하며 이야기하고 싶다. '국경을 넘은 우정'이라는 식상한 표현으로는 이루 말할 수 없는 내 친구 누쉰과 재회할 날을 다시 꿈꾼다. 그리고 누쉰이 일터에서 인정받고, 사회에 꼭 필요한 사람이 되었으면 좋겠다. 가족에게 곰살맞고 친구에게 따뜻하며, 자기가 하는 일에는 최선을 다하는 누쉰은 내가 아는 최고의 엄친딸이다. 누쉰뿐만 아니라 이란의 모든 딸들이 제몫을 톡톡히 해낸다면 한 명의 여성으로서, 이란을 이끌어 나가는 인재로서 인정받을 날이 올 것이라고 확신한다.

## 테헤란 엄마와 서울 딸

나에게는 두 분의 엄마가 있다. 한 분은 날 낳아주신 엄마이고, 다른 한 분은 이란에서 만났다. 그 어떤 인연보다 소중한, '엄마'라는 호칭이 어색하지 않은 또 한 명의 엄마까지 두 명의 엄마를 가진 나는 행복한 사람이다. 그것도 한국에서 꼬박 열두 시간을 비행해야 갈 수 있는 곳에 언제나 날 응원해 주고, 사랑해 주는 엄마가 있다는 것. 상상만으로도 가슴 뭉클하다. 허공에 외치면 금세라도 눈물 나게 하는 세상 유일한 단어가 '엄마'라는 말을 책 귀퉁이에서 읽은 적 있다. 무심코 한 번 보고 지나쳤던 그 말에 이제는 백 번이고 천 번이고 고개를 끄덕일 수 있게 되었다.

학교에서 날 가르쳐 주신 비드골리 선생님이 바로 나의 이란 엄마다. 사실 아직 미혼인 선생님에게 내 마음대로 엄마라 부르는 건 죄송하지만 그래도 나는 엄마라고 부르고 싶다. 선생님에게 '엄마'만큼 어울리는 호칭은 찾을 수 없기 때문이다. 내가 어떤 착한 일을 했기에 이렇게 좋으신 분을 이란에서 만나고 나의 엄마가 되어 주셨는지 생각할수록 기적 같은 일이다.

비드골리 선생님은 테헤란의 싱글녀다. 선생님의 정확한 나이는 나도 잘 모른다. 나뿐만이 아니라 모두에게 비밀이다. 숙녀에게 나이를 여쭤보는 실례를 범할 수는 없어 궁금했지만 물어보진 않았다. 선생님의 이마에 깊이 팬 주름으로 그 나이를 짐작할 수 있을 뿐이다. 하지만 선생님은 여전히 소녀 같고 내가 본 그 어떤 사람보다도 맑은 눈망울을 가지셨다. 그래서 나는 선생님의 예쁜 눈을 바라보는 것을 정말 좋아한다.

선생님은 오랫동안 내가 다녔던 외무성 학교에서 한국 교환학생들과 이란 주재 대사관의 외교관들에게 이란어를 가르치셨다. 그래서 한국과 한국 학생에 대한 관심이 많으시고 우리를 잘 이해해주시며 유창한 영어실력까지 가지셨다. 처음 듣는 비드골리 선생님의 수업은 밀려오는 하품과 졸음을 참기 힘들었던 것이 사실이다. 비유를 하자면, 여느 학교에 꼭 한 분쯤 계신, 열정적으로 수업만 하시는 선생님이랄까. 처음에는 선생님의 수업시간이 너무 빡빡해서 그저 지루하기만 했다. 그때 물 먹은 솜마냥 축 널브러져 있었던 철없던 내 모습을 생각하면 한없이 죄송하다. 그런데 더욱 청천벽력 같은 소문이 들려왔다. 우리가 이란을 떠날 때까지 선생님이 우리와 함께 기숙사에서 지내신다는 거였다.

선생님의 집은 테헤란과 몇 시간은 족히 떨어진 곳이었다. 수업이 있을 때는 새벽 3시에 일어나 테헤란으로 오시고 우리와 함께 기숙사생활을 하시다가 수업이 끝나는 날이면 다시 선생님 댁으로 돌아가셨다. 생각해 보면 그렇게 피곤하고 귀찮은 일정을 우리를 위해 묵묵히 참아 주신 것도 모르고 불만만 가졌으니……. 선생님은 늦잠 자는 날 없이 항상 일찍 일어나 기도를 하신 다음 간단하게 차와 눈을 드셨다. 올빼미과인 나는 알람 없이도 정확한 시간에 기상하시는 선생님의 능력에 감탄을 숨길 수 없었다. 그리고 늘 소식을 하셔서 마른 체구를 가졌지만, 일상에서 보이는 선생님의 체력과 열정은 그 누구와도 비할 수 없을 만큼 강하다는 걸 항상 느낄 수 있었다.

한 시간, 두 시간 선생님과 기숙사에서 함께하는 시간이 늘어났고, 늘어나는 시간만큼 우리를 사랑하는 마음이 진실하게 와 닿기 시작했다. 서로를 향한 진심은 언어도, 성별도, 종교도 뛰어넘는다는 진부할 정도로 당연한 말을 부인할 수 없게 되었다. 우리가 불편한 데는 없는지 아픈 곳은 없는지 챙기는 게 선생님의 주요 일과처럼 보일 정도로 늘 곁에서 우리의 마음을 어루만져 주셨다. 그렇게 점점 선생님보다는 엄마처럼 느껴졌다. 엄마라는 역할이 늘 그러하듯 힘들 때는 선생님 옆에 붙어 아이처럼 징징대기도 하고 늘 같은 레퍼토리의 불평불만을 늘어놓아도 선생님은 따뜻하게 등을 어루만져 주시고 모든 이야기에 귀 기울여 공감해 주셨다.

선생님의 공감능력은 언어를 뛰어넘는다. 선생님은 아기가 없지만 엄마의 역할을 세상 누구보다 잘 아는 분이었다. 생각할수록 신기하다. 어떻게 미혼인 선생님이 엄마의 역할을 완벽하게 소화할 수 있는지. 시간이 지나면서 선생님은 선생님을 넘어서 내게

진짜 엄마 같은 존재로 다가왔다. 투정도 부리고 싶고, 이유 없이 떼를 쓰고 싶은 그런 엄마의 품이 어쩌면 가까운 데 있을 수 있다는 생각이 들 정도로 말이다. 말은 잘 통하지 않았지만 선생님의 눈, 선생님의 손, 선생님의 모든 것이 내가 낯선 타지에서 힘을 낼 수 있게 하는 원동력이 되어 주었고 선생님과 좀 더 많은 대화를 나누기 위해 이란어 공부를 더 열심히 하고 싶어졌다.

선생님의 가장 무서운(?) 점은 칭찬의 힘을 안다는 거였다. 선생님은 혼내기보다는 칭찬을 해주시는 분이다. 칭찬은 고래도 춤추게 한다고 했던가? 칭찬은 무뚝뚝한 나도 춤추게 만들었다. 나는 여자면서도 한 번도 여성스럽다는 말을 들어본 적이 없었다. 오히려 털털하고 사내다운 왈가닥에 가깝다. 그런데 이유를 모르겠지만, 선생님은 내게 유난히 여성스럽고 다정한 사람이라는 칭찬을 많이 해주셨다. 나는 그동안 그런 말을 듣고 싶었던 거였을까?

"우리 비터는 나름해"

선생님은 내게 이 말을 자주 해주셨는데 '나름'이라는 단어는 부드럽고 참하다는 뜻을 가지고 있다. 이런 칭찬을 처음 들어봐서인지 몰라도 나는 선생님의 그 말에 괜히 기분이 좋아지고 '내가 정말 여성스러운가?'라는 생각을 하기 시작했다. 그러자 나도 모르게 말 한마디라도 예쁘게 말하고 싶어지고 언니로서 후배들을 살갑게 챙기기 위해 더욱 노력하기 시작했다. 그래서인지 그때 이후로 나는 실제로 '나름한 비터'가 되었고어느 정도는, 실제로 한국에 돌아와 여성스러워졌다는 칭찬(?)을 많이 들었다. 어쩌면 그것도 선생님의 칭찬요법 덕분이었을 것이다.

선생님은 각자의 장점을 끄집어내어 무한대로 칭찬해 주셨는데, 그 칭찬요법은 수업시간에도 진가를 발휘했다. '어파린'은 선생님이 가장 많이 사용하시는 단어 중 하나다. 우리말로 '완벽해', '굉장해'라는 뜻인데, 분명 큰 실력향상이 아님에도 우리의 이란어 실력이 조금만 발전되었다고 느끼면 이런 과분한 칭찬을 항상 해주셨다. 때문에 선생님의 '어파린'은 언제 들어도 상쾌하고 듣는 사람을 기분 좋게 만드는 마력이 있었다.

그래서인지 비드골리 선생님 덕분에 내 이란어 실력은 일취월장할 수 있었고 차츰 이란어가 늘기 시작하자 선생님의 수업이 피가 되고 살이 되었다는 사실을 깨달았다. 아직 많이 부족하지만, '쌀롬'밖에 모르던 내가 이젠 이란어 통역까지 할 수 있을 정도로 발전된 것도 전적으로 선생님의 가르침 덕분이었다. 처음 통역을 맡았을 때 설레는 마음으로 선생님께 쪽지를 보냈다. 그때 오히려 내게 고마워하셨던 선생님의 답장이 오랫동안 마음에 남았고, 선생님이 정말 보고 싶었다. 그리고 부끄럽지만 조금 울고 말았다.

사람은 갑작스러운 변화에도 불구하고 어느 순간 그 변화에 익숙해지게 되면 원래 그곳에 살았던 것처럼, 그리고 영원히 이별이 오지 않을 것처럼 살아간다. 하지만 그렇게 시간이 흐르고 영원히 오지 않을 것 같은 이별의 날은 필연적으로 다가온다. 선생님과 헤어지는 날, 모든 친구들이 눈물을 흘릴 때, 제일 언니였던 나는 씩씩하게 눈물을 참으려고 꾹꾹 마음을 다잡았다. 하지만 선생님이 안아주시는 순간, 참았던 눈물이 폭포수처럼 흐르기 시작하자 체면이고 뭐고 눈물을 모두 쏟아내었다. 늘 6개월마다 이별을 경험하시면서 단단해진 심장을 가진 선생님도 눈물을 참지 못하셨다. 6개월마다 반복되는 이 예정된 이별은 선생님께 얼마나 잔인한 고통일까. 비드골리 선생님은 그렇게 또 한 번 우리와 이별했다.

하지만 선생님의 마음에는 새로운 제자들이 또 한 팀 들어올 것이다. 이별은 끝이 아닌 또 다른 시작이기 때문이다. 우리가 떠나고, 다시 우리의 자리를 채워줄 후배들 역시 선생님과 더 아름다운 추억을 쌓았으면 하는 바람이다. 선생님과 우린 새로운 추

억 하나를 만든 것이라고 서로 위로했다. 그렇게 우리는 울음바다가 되어 선생님을 한참을 끌어안으며 조금이라도 늦게 이별하기 위해 노력하였다. 감정의 과잉 상태, 너무 기쁘거나 너무 슬프거나 너무 황당해서일까. 이제껏 배운 이란어가 아무 소용이 없어졌다. 그 순간에는 배웠던 단어들, 문장들 단 한마디도 기억이 나지 않았다. 그저 눈물만 나왔다. 교문에서 우리가 사라질 때까지 손 흔들며 몰래 눈물을 훔치시던 선생님의 모습이 한 장의 사진처럼 마음에 깊게 박혀 그때를 생각하면 가슴이 저리다. 누구에게나 이별은 그렇게 슬프다. 예정된 이별에도 우리는 담담할 수 없다.

선생님은 그 후에도 이메일과 페이스북을 통해 늘 좋은 말씀을 해주신다. 조금만 길게 이란어로 안부를 물으면 여전히 이란어를 잘 쓴다며 칭찬부터 해주시는 선생님. 이렇게 지구 반대편에서 선생님은 나에게 늘 용기와 격려를 듬뿍 담아 응원해 주는 한 분의 엄마가 되었다.

한 가지 소박한 바람이 있다면, 선생님을 아주 많이 사랑하는 좋은 남자가 나타났으면 좋겠다. 선생님은 사랑 받을 자격이 있는 사람이기 때문이다. 그것도 듬뿍! 물론 선생님도 많이 사랑하는 사람이어야겠지만.

# 테헤란을

걷다 보면…

## 우리 동네 작은 공원

내 동네 니여바런이 좋았던 점은 항상 개방되어 있는 공원이 가까이 있다는 것이었다. 한국에서도 어느 동네에 제대로 된 공원 하나만 있으면 그 동네가 이른바 '워너비 동네'가 되는 것처럼, 사람들에게 공원은 더 이상 단순한 의미가 아니다. 사람들이 여가 시간을 보내고, 오가며 쉴 수 있고, 도심 안이라도 아이들이 자연과 더불어 자랄 수 있는 곳. 공원은 그 자체만으로 의미 있는 공간이 되어 가고 있다. 특히 자연과 점점 멀어지고 있는 우리들에게 더욱 그 의미가 커지고 있다.

이란 사람들에게 공원은 더 큰 의미를 지닌다. 매연으로 인한 공기오염이 심각한 테헤란에서 잠시나마 건강한 공기를 누릴 수 있는 공간이 바로 공원이며, 여가시설이나 유흥시설이 부족한 이란에서는 남녀의 데이트 장소, 가족의 나들이 장소, 마땅한 계획 없는 휴일의 공허함을 채울 수 있는 최적의 장소다.

우리 동네에 있는 니여바런 공원은 왕정시절 궁전으로 쓰인 곳이다. 따라서 공원이지만 화려하고 웅장한 건축물을 구경할 수 있고, 자연이 내뿜는 쾌청한 느낌도 공원 전체에 만연하다. 공원 안에는 박물관과 커피숍이 자리 잡고 있어 '볼 것'도 있고, '쉴 곳'도 되는 알짜배기 공간이다. 공원 역시 시장과 마찬가지로 다양한 사람들을 관찰하는 재미가 있다. 특히 아이들을 데리고 나온 엄마들이 꽤 많다. 공원 아래쪽의 조그마한 놀이터에서 아이들이 놀고 있으면, 그 아이들을 기다리는 엄마들은 뭐 그렇게 할 얘기가 많은지 아이들보다 신난 얼굴로 수다를 떤다. 두런두런 그녀들만의 수다를 떠는 엄마들, 신기한 장난감에 정신이 팔린 귀여운 꼬마들과 그 와중에 장난감 장수와 흥정하는 엄마들. 나는 그 정겨운 광경을 보는 것을 좋아했다. 공원 밑으로 쭉 내려가다 보면 큰 분수대가 좌우로 나뉘어 설치되어 있는데 그곳을 빙빙 돌면서 운동하는 어르신들부터이 광경은 우리나라와 정말 똑같아 절로 웃음이 난다 스케이트보드를 타는 젊은이들까지 항상 활기 넘치는 곳이다. 그래서일까. 매일 많은 사람들이 공원을 찾고, 휴일이나 국경일에는 공원이 버거울 만큼 많은 사람들이 이곳을 찾는다.

나는 한국에서 집 앞 공원조차 제대로 가본 적이 없었다. 아무래도 바쁜 일상과 피곤한 일과에 치인다는 핑계로 그런 작은 여유도 사치스럽게 느껴졌다. 게다가 한국에서는 굳이 공원을 찾지 않더라도 할 거리, 즐길 거리들이 상당히 많기도 하다. 하지만 이란에서는 그간의 골칫거리들은 잠시 접어두고 공원으로 나가 여유롭게 산책을 즐길 수 있었다. 당장의 취업도, 앞으로의 진로도 모든 것을 잠시 배척할 면제권을 얻은 것처럼 그 당시의 고민이라곤 이란어에 대한 것뿐이었으니 남는 시간에 많은 생각을 할 수 있었다. 당연히 그 많은 생각을 위한 장소로 공원을 택했으며, 나에게 최적의 장소이자 최고의 장소였다.

공원에서는 사람들만 휴식을 즐기는 것은 아니다. 고양이, 까마귀 그리고 이름 모를 새까지 저마다 나름의 휴식을 취하고 여유로움을 만끽한다. 나는 그런 여유로움을 사랑했다. '인샬라' 정신으로도 알 수 있지만, 그만큼 굉장히 여유로운 이란 사람들을 닮고 싶었다. 물론 가끔은 느릿느릿 여유를 부리는 그들이 답답할 때도 있다. 하지만 분명히 '여유'에서 나오는, 나와 내 주변의 것들을 다시 살피고 간다는 행위 자체에는 큰 의미가 있다. '쉬어감'을 통해 앞으로 '나아감'도 있다는 것을 알게 되었기 때문이다. 쉬자, 그러면 더 멀리 더 앞으로 나아갈 수 있다.

빽빽하게 들어선 건물들과 붐비는 사람들, 뿌연 매연까지. 사실 테헤란 시내 풍경을 생각하면 어울리지 않을 것 같은 공원들이 테헤란 곳곳에 조성되어 있다. 이렇게 접근성이 나쁘지 않다 보니 시민들이 쉽게 찾을 수 있고, 그 빈도도 높아지는 것이다. 시민들이 발길을 끊어 방치되어 있는 공원이 아닌 시민과 어우러진 공원으로서의 역할을 톡톡히 하고 있는 셈이다. 사람이 찾지 않는 곳은 의미가 없는 곳이라고 한다면, 이란의 공원들은 그런 면에서 상당히 의미 있는 장소다.

언젠가 우리나라 놀이터에 어린이들은 없고 흡연하는 청소년들만 볼 수 있다던 기사가 생각났다. 하지만 이란의 공원과 놀이터는 우리나라의 현실과 달리 충실하게 그 역할을 하고 있다. 물론 반대로 생각해 보면 아직 다양한 문화생활의 여건이 조성되지 않은 이란 사회를 방증하는 결과일지도 모른다.

사실 이란 사람들에겐 공원에서의 휴식과 운동, 가족이나 연인처럼 사랑하는 사람과의 산책 자체가 삶의 큰 행복이다. 나 역시 이란 공원에서의 휴식은 자연스럽게 타국생활의 큰 위로가 되어 주었다. 한국에선 꼭 공원에 찾아가지 않더라도 갈 곳, 놀 곳이 정말 많다. 그렇다 보니 집 앞에서, 혹은 북적이는 대도시 속에서 작은 자연을 가까이 할 수 있다는 감사함을 잠깐 제쳐 둔 것이다.

테헤란시는 니여바런 공원뿐만 아니라 멜랏 공원이나 싸더버드 공원 등 시내로부터 크게 벗어나지 않아도 사람들이 쉽게 찾아갈 수 있는 거리에 공원을 조성해 개방하고 있다. 그중 멜랏 공원에는 다양한 레저스포츠를 즐기기 위한 시설이 잘되어 있고, 상당히 큰 호수가 있어 밤에 산책할 때 보이는 야경이 특히 아름답다. 가는 곳마다 은은한 불빛이 비추고 길목마다 놓인 벤치들은 잠시 쉬었다 가라고 속삭인다. 그래서 산책 중에 쉬고, 또 쉬고, 쉬다 보니 멜랏 공원에서의 산책은 언제나 시간이 많이 걸렸다.

이란 사람들은 워낙 조경이나 정원을 좋아하다 보니 공원을 잘 가꾸고 관리도 잘한다. 그 규모와 흉내 내지 못할 아름다움이 작은 동네 안에만 머물기엔 아까울 정도로 늘 정갈하게 가꾸어져 있다. 그렇게 이란 사람들은 '우리 동네의 작은 자연'에서 하루를 맞이하거나 정리하고 휴식하며 내일을 준비한다.

오늘은 나도, 집 앞 공원에 나가 산책을 하고 개운한 마음으로 잠들어야겠다.

## 골목 안에서 더 빛나는 공간

테헤란을 색깔로 비유하자면 회색 정도가 되지 않을까 싶다. 도시 가득 뿌옇게 핀 매연과 여기저기 도로와 벽을 이루고 있는 시멘트의 거친 색감이 차가운 느낌을 가득 머금고 회색 도시의 이미지를 만들어 낸다. 여기에다 칙칙한 색의 구형 자동차와 검정 처도르의 여인들 그리고 빛바랜 건물들의 이름 모를 색들이 더해져 무채색이 만연한 회색의 테헤란을 만들었다.

그렇다고 회색이 테헤란의 전부를 표현하는 색은 아니다. 그저 겉모습을 나타내는 색깔 중 대표적인 하나의 색에 불과할 뿐이다. 테헤란 시내를 벗어나 이곳저곳 골목길로 접어들어 걷고 있노라면 오히려 총천연색이 어우러진 다양한 풍경들이 뿜어지고 있다는 걸 알 수 있다. 니여바런 골목길의 초록 나뭇잎, 알록달록한 옷을 입은 꼬마들, 빨간 간판의 석류주스집. 그리고 색색의 빛깔들을 머금은 이란 건축물들은 이러한 풍경들과 조화를 이루며 특유의 매력과 개성으로 테헤란을 더욱 아름답게 한다.

21세기의 우리는 이제 세계 어느 곳에서도 자신만의 개성을 구가할 수 있는 삶의 방식 대신 세계인 모두 비슷한 삶의 양식으로 의식주를 꾸리며 살아간다. "사람 사는 게 다 거기서 거기" 라는 말이 있듯 방법은 다르지만 어쨌거나 사람이 사는 데 필요한 의식주는 세계 어느 곳을 가도 그 본질이 다를 수 없다. 이러한 생각을 하고 있자면 이제는 '세계화'라는 명분으로 통속적이고 획일화된 문화 안에서 한 나라의 개성이 뚜렷하게 드러난 문화를 찾는 것은 매우 어려운 일이 되었고, 그래서 그런 문화를 찾아다니면서 쾌감을 느끼는 여행가 혹은 사진작가들도 많아졌다. 그리고 그것은 '의미'가 되어 다른 이들에게 새로운 경험을 제공한다.

세계 곳곳에는 우뚝 솟은 빌딩들과 개미집 같이 빼곡한 형태의 정교하고 세련된 건축물을 쉽게 볼 수 있다. 예를 들면, 두바이의 초고층 건물들도 그랬고 얼마 전 여행했던 상해의 강변을 따라 우두커니 서 있는 아파트들도 그랬다. 유명한 건축가들이 설계하고 시공한 세련된 건물들을 보면 사실 멋있긴 하다. 실제로 나는 거대하고 화려한 건물들에 압도되어 두바이 시내를 몽롱한(?) 상태로 구경한 적이 있다. 하지만 그곳에 사는 사람들이 부럽지는 않다. 물론 그런 건물을 살 재간도 없지만.

한 층, 한 층 똑같은 구조와 개성을 잃어버린 고층아파트들이 보금자리가 되어 숨이 턱 막힐 때도 있겠단 사실에 왠지 썩 유쾌하지는 않았다. 개성 없이 똑 닮은 구조, 자로 잰 듯 오차 없는 건물들은 가끔 섬뜩하기까지 하다. 비록 나 역시 서울의 빌딩숲 속의 어느 아파트에 살고 있긴 하다…….

테헤란에서는 이런 느낌에서 잠시 벗어날 수 있어 좋았다. 물론 테헤란에도 언젠가부터 이런 고층아파트들이 천천히 들어서기 시작했다. 그 속도가 조금은 느렸으면 좋겠다. 다행히 아직까지 테헤란에는 닮은 건물 하나 쉽게 찾을 수 없을 만큼 독창적인 건물들이 많다. 비록 현대적이진 않지만 오히려 하나하나 개성 있어서 충분히 우리의 이목을 끌 만하다. 게다가 그 내부디자인 하나하나까지 다르니, 이런 사소한 부분에서도 독창적이고 예술적인 이란인들의 풍류가 여실히 드러난다. 가끔은 자투리 공간을 활용해 세모처럼 실험적인 형태의 건물들을 볼 수 있는데,

그런 건물들은 익살스럽기까지 하다.

그리고 오랜 세월을 거쳐 발달된 이란의 예술은 건물의 외관이나 내부의 타일공예에 그려진 그림만 봐도 그 예술성과 가치를 엿볼 수 있다. 건물마다 고유의 숫자를 붙이는 이란의 주소체계 때문에 건물마다 이런 숫자까지도 재미있게 표시하고 있다. 이란에선 이 숫자를 '펠러케'라고 부르는데, 언젠가 길을 지나다 내 눈에 확 띄는 '펠러케 처허르다14번 집'을 보고는 움직이는 차에서 카메라를 꺼내 찍어 본다. 그리고는 이런 상상을 했다.

"우리 집은 14번 집이야"

누군가에게 이렇게 말하면, 어쩌다 그 사람이 집 앞을 지나가다 우리 집을 단박에 알아보고 나를 생각해 줄 것만 같은 기분이다.

이란인들의 예술감각은 카펫, 수공예품 등으로 이미 정평이 나 있지만 꼭 그런 작품들을 찾아서 감상하지 않더라도 이렇게 일상에서 그들의 예술적 감각을 구경할 수 있다. 종교지도자나 순례자들의 초상화를 벽에 그리는 문화가 발달된 이란에서는 건물 벽에 그려진 인물화를 쉽게 찾을 수 있는데 흡사 사진이라고 착각할 정도로 정교한 것들도 있다. 가끔은 사진인지 그림인지 오래도록 지켜봐야 하는 경우도 종종 있었다. 오래되어 갈라지고 밋밋한 벽에는 아이들, 꽃, 풍경 등의 벽화를 그려 넣기도 하고 창문이나 문 그림을 그려 넣어 진짜처럼 보이게 해놓은 트릭아트도 많다. 나란한 간격으로 마주하거나 줄 지어 있어 뭔가 무표정한 한국의 집들과는 달리 이곳은 건물들마다 표정이 살아있다. 그래서 낯선 거리를 걸어도 다양한 집들을 구경하는 것만으로 흥미로운 볼거리가 된다.

대학교 수업 때 정원문화의 시작이 페르시아였다는 얘기를 들은 적이 있다. 그래서일까? 정원과 조경을 특히 사랑하는 이란인들은 빌라나 아파트에도 예외 없이 정원을 예쁘게 가꾸어 놓았다. 확실히 동양의 정원과는 다른 느낌이 나는데 대부분 중앙에 분수대가 있다. 보통 분수대를 기준으로 균형적인 형태로 정원이 꾸며져 있고 큰 대로변에 조성된 식물들이 시들지 않도록 조경시설을 잘 갖추어 놓은 모습도 쉽게 볼 수 있다. 인부들은 애정을 담아 식물들을 관리한다. 일일이 직접 관리하기 힘든 곳에는 노즐을 연결해 물이 마르지 않도록 스프링클러를 설치해 놓았다. 가끔은 그다지 좋지 않은 이란의 경제 사정에 미루어 볼 때 약간 과한 듯한 느낌도 지울 수 없지만, 막상 아름답게 조성된 정원을 보면 그런 걱정들이 쏙 들어간다.

이렇다 보니 난 꼭 우리 동네뿐 아니라도 길을 걷다 인상 깊은 건물을 발견하면 사진을 찍어 기록하기 시작했고, 점점 이란의 전통가옥이 궁금해지기 시작했다. 어느 날, 누쉰과 테헤란의 전통가옥을 찾아보기로 하고 카메라 하나만 들고 전통가옥 찾기에 나섰다. 누쉰과 테헤란 시내 이곳저곳에서 전통가옥을 찾아 나섰지만, 테헤란에도 이미 전통가옥은 많이 사라지고 있었다. 마침 다르반드 가는 길에 아직 전통가옥이 많이 남아 있다는 테헤란 출신 친구들의 도움으로 우린 다르반드로 향했다.

누쉰은 이란 전통가옥의 가장 큰 특징이 흙으로 지어진 것이라고 설명해 주었다. 그리고 내부에 대부분 작은 정원을 가지고 있는데 특이한 것은 대개 집 가운데가 아닌 집 안쪽에 정원이 자리 잡고 있다는 것이다. 대개 정원이 있는 집들은 집의 한가운데나 집의 정면에 위용을 뽐내듯 조성된 경우가 많은데, 이란의 전통가옥들은 조금 더 은밀하고 개인적인 성향의 정원을 가지고 있다. 아마 단 하나뿐인 자신들만의 정원을 갖고 싶은 마음에서 비롯되었을 것이다.

테헤란에는 단층집들이 대부분이고 간간이 이층집도 있다. 화려한 유럽풍의 테헤란 건물들과는 달리 조금 더 소박한 맛이 난다. 그러던 중 다르반드 초입의 어느 집 앞에서 걸음을 멈추었다. 전통가옥의 형태를 잘 유지한 집 한 채를 어렵게 찾은 것이다. 물론 문이나 창문 등은 오랜 세월의 풍파를 견디지 못해 많은 부분이 교체되어 있었지만, 그래도 전통가옥의 형태가 잘 보존된 집이었다. 그리고 보니 그 주변으로 전통가옥들이 꽤 많았다. 오랜 시간, 주인의 손때가 묻어 고치고 또 고쳐진 투박한 집들. 여기저기에 세월의 흔적들은 집들이 견뎌온 시간의 고생만큼 그대로 묻어 있었다.

아직까지 이란 집들의 내부는 전통적인 형태가 꽤 남아 있는 편이다. 옛날부터 온돌방에서 생활해 온 우리도 지금은 대부분의 가정집에 침대를 들여놓았듯, 이란도 현대화의 바람을 빗겨

나갈 수 없을 터. 우리나라 브랜드의 최신 가전제품을 사용하고 유럽에서 들여온 대리석, 샹들리에 등으로 집을 꾸미기도 하지만 거실만은 아직도 페르시아의 느낌이 물씬 나기 때문이다. 이란의 가정집에 초대받아 갈 때마다 나는 전통을 잊지 않으려는 그들의 마음이 좋았다. 대부분의 가정집 거실에는 소파와 더불어 '포쉬티'도 깔아 놓았다. 포쉬티는 이란식 소파라 할 수 있는데 좌식 소파라고 보면 이해하기가 쉽다.

그리고 '이란'하면 빼놓을 수 없는 페르시안 카펫! 카펫은 이란인들에게 빼놓을 수 없는 필수품이다. 거실 한가운데엔 바닥이 거의 보이지 않을 만큼 큰 카펫을 깔아두고, 각 방마다 작은 카펫을 깔아 놓는다. 전통가옥을 들여다보고 있으면 점점 사라지고 있는 이런 전통들이 부디 오래도록 유지되고 피할 수 없는 현대화의 바람과 잘 공존할 수 있었으면 하는 바람이다.

무더위에 지친 누쉰과 나는 그늘을 찾아 쉬었다 가기로 했다. 잠시 눈을 감고 오래전, 그러니까 내가 이 세상에 존재하기 훨씬 전의 테헤란을 잠깐 상상해 본다. 그렇게 잠시 눈을 감았다 떴을 때 유난히 내 시선을 붙잡는 집 하나가 눈에 띄었다. 문고리가 달린 전통가옥이었다. 그 모양이 우리의 옛날 기와집 문고리와 꽤 유사했다. 누쉰은 우리나라의 전통 문고리처럼 이란의 문고리도 남자와 여자에 따라 사용하는 것이 달랐다고 설명해 주었다. 그 문고리를 울려서 내는 남녀의 다른 소리를 통해 남자가 왔는지 아니면 여자가 왔는지 알 수 있었다고 한다.

누쉰의 이야기를 듣고 있던 내가 우리나라의 전통가옥 문고리도 이와 똑같다고 말해주니 그녀는 한국의 전통가옥도 꼭 보고 싶다고 말했다. 누쉰이 한국에 온다면 가장 먼저 한국민속촌에 데려가 주어야겠다. 그리고 누쉰이 내게 해준 것처럼 많은 것을 보여주고 좋은 설명을 곁들여 줄 생각이다.

## 쇼퍼홀릭 인 테헤란

여행사의 패키지상품들을 둘러보고 있자면 빠지지 않는 필수코스가 있다. 바로 '쇼핑하기'일 것이다. 누구나 여건이 허락됐을 때의 쇼핑이라면 재미를 느낄 것이다. 특히 열심히 발품을 팔아 딱 원하는 것을 구했을 때, 그만큼의 간절함에서 오는 기쁨은 이루 말할 수 없고 늘 가는 곳만 가게 되는 익숙한 쇼핑보다는 기대하지 않았던 곳에서의 '득템'은 두 배의 쾌감을 느끼게 해준다. 비록 나중에 '쓸모없는 것'이라는 태그를 붙이더라도 구매했을 당시의 쾌감은 그때 그곳의 분위기, 그곳의 풍취와 기억이 담겨 있는 소중한 추억이 된다.

처음 이란에 왔을 때 나는 쇼핑의 기쁨을 절대 누리지 못할 것이라고 생각했다. 이란에서의 쇼핑이라니……. 나는 텔레비전에서 접했던 중동의 재래시장이 떠올랐다. '바자' 혹은 '바자르'라는 말을 많이 들어 보았을 것이다. 중동의 전통재래시장을 칭하는 말인데, 이란에서도 시장을 '바자르'라고 부른다. 그 바자르에서 '내가 구경할 것이 무엇이 있을까'라고 생각했다. 하지만 그것은 나의 짧은 생각이었다. 약간의 과시욕과 남들의 시선을 중요시하는 이란 문화는 우리나라와 상당히 유사하다. 이런 특징을 가지고 있는 이란 시장은 중동의 여러 시장 중에서도 구매력 좋은 손님을 꽤 유치한(?) 매력적인 시장으로 평가받고 있다. 이미 우리나라의 많은 기업들이 진출해 좋은 실적을 올리고 있고 유럽과 교류가 많은 탓에 유럽 상품들은 생각보다 싼값에 구매할 수 있다는 장점도 있다.

아직까지는 백화점처럼 으리으리한 규모의 정리정돈이 잘된 쇼핑센터는 없지만 테헤란 도심 곳곳에는 적당한 규모의 쇼핑센터가 자리 잡고 있다. 게다가 은근히 구경거리들이 많아서 하루가 무료할 때마다 혼자 쇼핑센터를 찾으면 금세 활기찬 에너지를 전달받을 수 있다.

나에게 쇼핑센터나 시장은 꼭 살 것이 있을 때만 가는 곳이 아니었다. 무료한 시간을 달래기 가장 좋은 곳이 쇼핑센터 아니던가! 게다가 가장 생생한 이란인들의 일상을 접할 수 있다는 점이 내겐 더 매력적으로 다가왔다. 꼭 이란뿐만이 아니더라도 나는 어딜 가든 사람 사는 냄새가 진하게 풍기는 곳을 가장 먼저 접해봐야 한다고 생각한다. 그래야만 이후에 접할 문화와 생활방식을 더 잘 이해할 수 있기 때문이다. 시장만큼 다양한 사람들의 풍경을 관찰하기 좋은 곳도 없다. 그곳에 가면 땀방울 흘려가며 열심히 일하는 상인들과 익살스럽게 흥정하는 손님들, 데이트 나온 커플 그리고 엄마의 처도르 자락을 끌며 갖고 싶은 것을 사달라고 응석부리는 딸까지 다양한 삶의 형태를 볼 수 있

پلو
آش قرمه آش

고, 현재 이란에서 유행하는 의복이나 문화 그리고 현지의 먹거리까지 논스톱으로 한 번에 살펴볼 수 있다.

내가 가장 좋아했던 쇼핑센터는 타즈리쉬Tajrish에 있는 '거엠Ghaem'이다. 물론 가까워서 자주 들르긴 했다. 하지만 이곳은 타즈리쉬에 있는 '탄디스'처럼 삐까뻔쩍하고 '건디'처럼 이국적인 느낌의 볼 것이 많은 쇼핑센터는 아니다. 비록 세련되지는 않지만 이를 충분히 만회할 수 있는 매력적인 구조를 가지고 있다. 전통시장의 형태인 바자르와 신식의 쇼핑센터가 연결되어 복잡한 형태로, 마치 미로처럼 보이기도 한다. 적어도 50번 이상은 가보았을 텐데 그럼에도 갈 때마다 층계와 출입구가 헷갈린다. 그 느낌이 꼭 전통 바자르에 와 있는 듯하여, 고금을 아우르는 쇼핑의 재미를 느낄 수 있다.

전통시장 쪽으로 가면 값싸고 맛 좋은 과일과 채소들 그리고 이란인들이 즐겨 먹는 토르쉬torshi, 식초에 절인 시큼한 피클류의 밑반찬, 다양한 야채와 과일로 만드는데 우리의 김치와도 비슷하다를 찾을 수 있다. 양옆으로는 음식점들이 즐비하다. 중국에서 넘어온 값싼 생필품들, 국적불명의 이국적인 액세서리류와 조잡하지만 저렴한 여성의류, 선글라스, 향수, 바디제품 등 다양한 제품을 싼값에 구할 수 있다는 장점이 있다. 특히 우리나라에 아직 정식수입되지 않은 바디제품들이 많았다. 그리고 잘 뒤져 보면 터키에 넘어 온 독특한 디자인의 옷들을 찾을 수 있는데 이 옷들은 싼값에도 질이 좋다.

하지만 쇼핑을 하다 보면 테헤란의 살벌한 물가를 체험할 수 있는데, 싸다고만은 할 수 없는 가격이다. 분명 우리나라와 비교하면 싼 편이지만 불안정한 환율과 경제적 제재로 인해 수출입이 힘들어지면서 달러 환율이 점점 오르고 있다. 특히 수입품의 가격은 한국과 비교해 비쌀 때도 있다. 물론 다른 중소도시들의 물가는 테헤란보다 낮은 편이다.

이란 여성들이 애용하는 메이크업 제품, 향수, 선글라스, 루싸리 등은 한국보다 더 폭넓은 모델들을 구경할 수 있다. 나는 이란에 다녀오면 항상 한국의 지인들에게 이란의 스카프를 선물한다. 생각보다 질이 좋고 디자인이 다양해 선물하면 반응이 항상 좋았다.

노출이 불가하다고 해서 이란에 유행이 없을 거라 생각한다면 큰 오산이다. 그녀들이 멋을 낼 수 있는 범위는 좁지만 그로 인해 그녀들은 더욱 패션과 유행에 민감할 수밖에 없다. 그리고 이란 여성들이 엉덩이를 가리기 위해 입는 망토의 종류도 점점 다양해지고 있다. 망토 중에서 굉장히 세련된 것도 있고 여름철에 자외선으로부터 신체를 보호할 수 있는 기능적인 것들도 있어 여성들이 멋 부리기에 그만이다. 최근에는 약간의 스판기가 있어 몸에 달라붙는 옷을 입거나 스타킹에 치마를 입은 세련된 테헤란 여성들을 쇼핑몰 근처에서 자주 볼 수 있다.

또 내가 거옘 쇼핑센터를 좋아한 이유가 있다. 가장 꼭대기층에 오르면 이란인들의 삶 속에서 예술이 얼마나 가깝게 있는지 느낄 수 있다. 예술가들은 꼭대기층에 작은 가게를 차려 그림을

가르치기도 하고, 자신의 작품을 팔기도 한다. 물론 이 꼭대기층을 둘러보는 것도 빼놓을 수 없는 쇼핑의 재미 중 하나였다. 가끔은 아마추어 화가들의 작품 중에서 탄성을 자아낼 정도의 우수한 작품을 발견하기도 하고, 루싸리 혹은 처도르를 입고 그림에 빠져 감상하고 있는 이란의 여성들도 흔히 볼 수 있다.

테헤란에 가게 된다면 쇼핑센터에 꼭 가보길 바란다. 그곳을 경험하면 이란에 대한 선입견이 많이 사라질 것이다. 달러화가 치솟으면 쇼핑센터 내의 싸러피 앞에서 환전하기 위해 줄을 선 이란인들을 볼 수 있고, 유행을 좇아 쇼핑에 열중하는 젊은 여성들도 볼 수 있으며, 육교 위에서 바이올린을 켜고 있는 낭만적인 예술가도 볼 수 있을 것이다.

그곳에서 새로운 변화를 맞이하고 있는 이란의 현재를 볼 수 있다.

내게 테헤란은 아름답지 않았던 곳이 없었다. 물론 테헤란에는 겉보기에 아름답지만은 않은, 어쩌면 슬프기도 한 풍경도 있다. 지저분한 뒷골목, 아이들이 맨발로 동냥하는 처절한 삶과 마주했던 거리 곳곳, 그리고 낯선 이방인에게 무서울 법한 시장의 뒷골목 풍경들. 하지만 시간이 지나 보면 그저 아득하고 아름다운 추억으로 내 기억에 머물러 있었다. 너무 힘들어 펑펑 울던 길거리와 택시 안에서 스쳐 지나가듯 보았던 곳들 역시 내 머리는 아름다운 기억으로 분류해 기억해 낸다. 내 감정과 느낌이 덧대어졌기에 가능한 일일 테다. 내가 본 모든 곳들이 바로 추억의 공간이다.

나는 테헤란의 변화무쌍한 사계절을 모두 경험했다. 특히 2011년, 테헤란의 겨울은 혹독하게 추웠다. 뉴스에서도 연신 최악의 추위와 폭설에 대한 뉴스가 흘러나왔다. 폭설로 인해 몇 백 년은 뿌리내렸을 거대한 플라타너스 나무가 쓰러진 채 길을 막기도 하고 주차장마냥 도로가 꽉 막혀 두 시간 넘도록 한 발짝도 떼지 못하던 일도 기억난다. 민둥산인 토찰산자락Mount Tochal에 내려앉은 흰 눈에 반사되어 부서지던 햇볕, 그리고 그 맑은 공기가 내려앉은 상쾌한 등굣길도 기억난다. 처음엔 짜증나기만 했던 폭설과 추위도 어느새 낭만적이고 아름다워 보였다. 서울이라면 절대 느끼지 못했을 추위에도 솟아나는 긍정적인 감정. 낯선 곳의 힘이라는 것이 이런 것일까. 아니다. 낯선 곳의 매력 때문이 아니다. 아마 내 마음가짐 때문일 것이다. '지금이 아니면 언제 경험해 볼 수 있을까'라는 마음. 나는 이따금씩 테헤란생활이 힘들어질 때마다 스스로에게 주문을 걸듯 이렇게 말했다.

"정말 낭만적이지 않아? 아는 사람 한 명 없는 테헤란이라는 도시에 내가 서 있다는 것 그 자체가. 그 철저한 타인들 속에서 '내 사람'이라는 씨앗을 뿌린다는 일이. 이국적이다 못해 낯설고 신기한 이 나라에서 혼자 마음이 시키는 대로 돌아다니고 날씨 좋은 날이면 공원에 자리 잡고 앉아 루싸리를 예쁘게 쓴 채 맛있는 커피 한 잔을 마실 수 있다는 게……."

이런 마음가짐 하나면 행색이 남루해도, 타국의 외로운 유학생 신분이라도, 나는 소설 속 묘령의 여주인공처럼 마음만은 낭만으로 가득 찬 사람이 될 수 있었다. 인생에서 이처럼 낯선 경험을 한 이가 몇이나 될까. 그런 생각이 날 기분 좋게 만들었다.

대충 루싸리를 두르고 군것질거리를 사기 위해 나서던 기숙사 앞거리와 등굣길의 주유소 옆 큰 내리막길하며 자주 구경 나가던 타즈리쉬의 육교 밑 그리고 그 육교 위에서 늘 같은 자리에 앉아 바이올린을 켜던 아저씨. 내가 발 디뎠던 모든 곳에 잘 있냐고 안부를 묻고 싶다. 모든 곳이 내 기억 속에서 아스라이 멀어져 가는 게 너무 아쉽다. 이제는 내 집처럼 드나들던 곳의 이름도 가물가물해지고, 그곳의 풍경조차 희미해진다.

그래서 잊고 싶지 않아 적어 두었던 나만의 보물창고Best Place를 꼽아 보았다. 소중한 사람에게 보여 주고픈 마음을 담아…….

**다르반드**

처음 다르반드에는 양고기를 먹으러 갔었다. 내가 제일 처음 방문한 곳이기도 한 다르반드. 그때 나는 다르반드에 하이힐을 신고 가는 어리석은 실수를 저질렀다. 만약 이곳을 찾게 된다면 편한 운동화를 신고 가길 권한다. 생각보다 가파른 길의 연속이다. 특히 다르반드 초입부터 굽이굽이 이어진 냇가에서 튀는 물로 인해 돌바닥이 깎이고 깎여서인지 반지르르 윤이 나 있다. 때문에 매우 미끄럽다. 처음 하이힐을 신고 이곳에 갔다가 내려온 후 온 다리에 근육이 뭉쳐 일주일 넘게 앓았을 정도다. 다르반드에서 내려왔을 때는 다리가 후들거렸다. 그래서 두 번째 방문 때에야 하이힐 때문에 놓쳤던 풍경들을 빠짐없이 감상할 수 있었고, 그렇게 하나하나 정성을 들여 봤던 다르반드는 정말 아름다웠다.

다르반드 입구에는 군것질거리를 파는 상점들로 북적인다. 저마다 호객행위에 열심이다. 주로 말린 과일이나 젤리 같은 것들을 파는데, 한 번쯤 사먹어 봐도 좋지만 나는 한 번 사먹고 배탈

یا حسین ع
آریان
رستوران بهشت دربند
انواع غذا های
ایرانی و فرنگی
نان داغ
کباب داغ

이 난 적이 있어 그 후로는 사먹지 않았다. 그리고 그 맛 또한 한국인들의 입맛에 비해 지나치게 상큼하다.

다르반드는 오르막길을 오를수록 산 정상부터 거침없이 내려오는 폭포수와 그로 인해 생긴 냇가를 따라 찻집이며 케밥집들이 소박하게 자리 잡고 있다. 굳이 화려한 인테리어 없이도 자연과 어우러져 그 자체로 그림이 된다. 우리가 흔히 얘기하는 "산 좋고 물 좋은 곳"이 바로 다르반드다. 하물며 사람들은 친절하고 음식도 맛있으며 분위기까지 좋다. 하지만 그런 만큼 가격이 그렇게 싼 편은 아니다. 배부르게 먹고 싶을 때는 동네의 허름한 케밥집이 훨씬 이득이지만 다르반드의 분위기 값이 그 정도는 된다고 위안해 본다. 잠시 쉬어가는 가족들과 연인들은 평온한 분위기에서 서로 이야기도 나누고 차 한 잔 마시는 여유를 즐긴다. 아마 이 풍경은 세상에서 가장 아름다운 사치일 것이다.

그리고 길을 따라 올라가면서 마음에 드는 찻집을 고르는 것도 재미있다. 우리는 주로 산꼭대기의 제일 마지막 집에서 차를 마시곤 했다. 왠지 여기보다 더 괜찮은 곳이 있을 것 같다는 생각에 올라가다 보면 기어코 꼭대기까지 올라가기 때문이다. 위쪽으로 올라갈수록 화려함보다는 소박한 가게들이 더 많아진다. 초입에 자리한 가게들은 규모가 크고 화려한 편이지만, 올라갈수록 작고 소박한 가게들이 저마다의 매력을 뽐내고 있다.

## 다라께

사실 다라께는 다르반드와 그 분위기가 매우 비슷하지만 분명 다른 매력이 존재한다. 내가 느끼기엔 다라께가 다르반드보다 조금 더 정돈되고 단정해 보인다. 개인적인 생각이지만 다르반드는 밤이 더 좋고, 다라께는 낮이 더 근사하다. 밤이 되면 다르반드의 가게들은 곳곳에 낡은 전구를 매달고 손님을 유혹하는데 그 모습이 아름답다. 낮에 다라께에 가면 쾌적한 숲속을 걷는 듯해 기분이 청아해진다. 반면 다라께의 밤은 너무 휘황찬란하고 호객꾼들의 쩌렁쩌렁한 목소리에 정작 아름다운 풍경이 눈에 들어오지 않아 별로였다. 하지만 북적이는 느낌을 좋아한다면 주말 밤 다라께에 가는 것도 나쁘지 않은 선택이다.

다라께는 크게 흐르는 개울을 중심 삼아 양쪽으로 찻집들이 일렬로 늘어서 있다. 특히 낮에는 개울물 흐르는 소리를 배경음으로 힘차게 물을 뿜어내는 분수와 여기저기 형형색색의 제철 과일들을 진열해 놓은 상점들을 구경하는 것도 무척 흥미롭다. 나는 다라께에 들어서면 오른쪽에 제일 먼저 보이는 찻집에 앉아 여유롭게 차를 마시는 것을 좋아했다. 그 찻집은 입구에 작은 분수가 있고 한쪽에서는 파트타이머들이 열심히 케밥을 굽는다. 화장실 근처에는 흡사 동물농장처럼 오리, 닭, 토끼 등의 가축을 키우고 있다. 그리고 나는 늘 가게 중간쯤의 평상에 자리를 잡고 차를 주문한 뒤 다라께의 분위기를 누린다.

내가 이 집을 특히 좋아하는 이유는 후한 인심도 한몫한다. 대개 홍차를 주문하면 적당히 큰 주전자에 담겨 나온다. 그리고 대추야자 호르머, 차에 담가 먹는 나버트 각설탕이 함께 나오고, 항상 호두와 제철과일을 한가득 담아 준다. 우리는 과일을 주문한 적 없다고 하면 "이루니이란인 같은 코레이한국인에게 주는 서비스"라며 웃는다. 그중 검붉은 빛을 띨 정도로 잘 익은 산딸기는 세상에서 가장 달콤하다. 설탕에 조리지 않았어도 한입 가득 베어 물면 달달한 딸기즙이 그대로 배어 나온다.

여름철의 별미는 호두다. 호두는 그냥 먹기도 하지만 물에 불려 먹기도 한다. 그러면 껍데기가 물렁해져 벗겨 먹기 쉽다. 호두살도 하얗게 물러지는데 그대로 소금에 콕 찍어 먹으면 차와 잘 어울린다. 또한 달콤한 초코 웨하스도 차와 퍽 잘 어울린다.

## 범에 테헤란

남산의 서울타워 전망대처럼 테헤란에도 도심을 한눈에 내려다볼 수 있는 좋은 곳이 있다. 그곳이 바로 '범에 테헤란'이다. 토찰산 초입에 커피숍들이 모여 있는 곳을 이렇게 부른다. '범'은 지붕이란 뜻인데 '테헤란의 지붕' 정도로 해석하면 좋을 것이다. 케이블카를 타면 웅장한 토찰산을 구경할 수 있다. 사실 나는 한눈에도 낡아 보이는 케이블카가 조금 무서워 밑에서 구경만 했다. 그때는 앞으로 탈 기회가 많을 줄 알고 여유롭게 포기했다고 하면 될까. "다음에 타 보면 되지, 뭐" 그때의 그 마음이 왜 이렇게 후회가 될까. 다시 이란을 찾게 된다면 다시 들러 덜컹덜컹 불안한 케이블카라도 꼭 타고는 테헤란을 내려다보고 싶다.

하지만 굳이 케이블카를 타지 않더라도 토찰산 초입의 커피숍에 앉아 아름다운 테헤란 전경을 구경하기엔 충분하다. 그렇기 때문일까. 나는 말 못할 고민이 있거나 답답할 때 이곳에 종종 들렀다. 나에겐 확 뚫린 시야만큼 내 마음까지 뻥 뚫어 주는 '고민해결소'가 분명했다. 특별한 말을 하지 않아도, 어떤 표현도 필요 없이 그저 테헤란을 내려다보고 있는 것만으로 나는 그때의 고민과 걱정들을 차분히 내려놓고 올 수 있었다.

### 퍼르케 쉬연

딱 한 번 가본 곳이다. 그럼에도 언젠가 다시 가보고 싶고, 누군가에게 추천하고 싶은 곳이다. 난 2012년 7월, 테헤란에 도착

해서 그간 미처 경험하지 못한 테헤란에 대해 좀 더 자세히 알고 싶은 마음에 가이드를 한 명 고용했다. 나 정도면 테헤란에 대해 꽤 잘 아는 축에 속한다고 생각했다. 하지만 항상 가던 곳만 가고, 보던 것만 보고, 먹던 것만 먹는 게 꼭 잘 알고 있는 것만은 아니라고 판단했다. 그때 내 가이드가 되어 주었던 카스피안대학교의 아쉬컨이 이란을 떠나기 전 마지막 날 내게 소개해 준 공원이 바로 '퍼르케 쉬연'이다. 비록 뒤늦게 알게 되어 한 번밖에 가보지 못했지만, 분명 더 일찍 알았더라면 테헤란에 머무는 동안 자주 들렀을 것이다.

퍼르케 쉬연은 올라가는 입구부터 꼬불꼬불 이어진 오솔길이 장관이다. 조금만 핸들을 과하게 꺾으면 바로 절벽 아래로 떨어질 것 같은 스릴을 느낄 수도 있다. 올라갈수록 숲이 더 울창하게 우거져 있는데, 대체로 민둥산이 많은 테헤란을 생각한다면 흔히 볼 수 있는 광경은 아니다. 퍼르케 쉬연의 우거진 나무들이 내뿜는 음이온 때문인지 걷다 보면 기분이 좋아진다.

정상으로 올라가는 길에는 소담하고 예쁜 이슬람 사원이 하나 있다. 기도 시간이 아니었지만 사원을 지키는 문지기 아저씨께 양해를 구하고, 텅 빈 사원에 들어가 혼자 이곳저곳 살펴보기도 했다. 그러던 중 내 시선이 한 곳에 머물렀다. 기도를 위한 돌과 묵주, 그리고 처도르를 모아 놓은 곳이었다. 반질반질 윤이 날 정도로 닦인 저 돌들을 가지고 얼마나 많은 여인들이 소원을 빌고 기도했을까. 얼마나 많은 슬픔들을 정제한 채 흐르는 눈물로 다듬은 돌일까. 나는 텅 빈 사원에서 그녀들을 위해 기도하고 나왔다.

'모두 행복해지기를, 물론 나도…….'

사원을 나와 조금 더 올라가다 보면 무성한 나무들에 가려져 있던 테헤란이 빼꼼 고개를 내민다. 정상 곳곳에는 방향을 달리한 벤치들이 사람들이 좀 더 머물렀다 가길 바라듯 자리 잡고 있다. 특히 나무들 사이에 조용히 숨어 있는 벤치는 소중한 사람과 나란히 앉아 두런두런 얘기를 나누고 싶게 만든다.

## 밀러드 타워

테헤란의 랜드마크라고 할 수 있는 '밀러드 타워'는 테헤란 어디에서든지 볼 수 있을 정도로 웅장하게 솟아 있다. 그렇기 때문에 테헤란에 익숙하지 않은 관광객이나 타지 사람들은 밀러드 타워를 중심으로 길을 찾기도 한다. 이란어로는 '보르제 밀러드'라고 부른다.

테헤란에서 공부하는 동안에는 밀러드 타워에 제대로 가본 적이 없었다. 테헤란에 도착하자마자 아이들과 밀러드 타워에 갔던 적이 있었다. 그때 난 컨디션이 최악이어서 차에서 내릴 힘조차 없었다. 결국 밀러드 타워에 올라 빼어난 테헤란의 경치를 감상할 기회를 잃고 말았다.

그리고 문득 한국에 돌아갈 날이 다가오자 꼭 밀러드 타워에 올라야 한다는 생각이 굳어졌다. 그런데 왠지 불안한 예감이 엄습했다. 시간 내어 찾아간 밀러드 타워 입구에는 평소와 다르게

인파들이 몰려 있었고 경찰차들도 복잡하게 얽혀 있었다. 그리고 ID카드를 목에 멘 사람들이 관계자로 보이는 이들을 맞이하고 있었다. 불안한 마음에 물어봤더니 아니나 다를까 가는 날이 장날이었다. 그날은 콘퍼런스가 개최되는 관계로 밀러드 타워가 임시 휴업하는 날이었다. 어쩜 이렇게 나는 밀러드 타워와 인연이 없을까. 아쉬운 발걸음을 돌렸다.

바로 다음 날 이번이 마지막이라 생각하고 다시 밀러드 타워를 찾았다. 밀러드 타워 바로 옆에는 밀러드 병원이 있어서 항상 차량들과 사람들로 북적인다. 그 소란을 꿋꿋이 뚫고 목적지로 향했다. 멀리서 보이던 밀러드 타워가 점점 눈앞으로 가깝게 다가

오자 실로 그 높이와 웅장함이 대단하기만 했다. 주차장에서 나오면 바로 티켓을 끊을 수 있는 매표소가 보인다. 난 가장 꼭대기층부터 가보고 싶었지만 너무 더운 날씨와 매연 때문에 꼭대기층은 휴업 상태였다. 역시 이란은 날 실망시키지 않는다. 어디를 가든 정말 다양한 이유로 임시 휴업일 때가 많다.

어쩔 수 없이 8층 전망대로 올라가는 티켓만 끊어야 했다. 전망대 티켓은 우리 돈으로 9,000원 정도고, 꼭대기층 티켓은 17,000원 정도다. 8층이라고는 하지만 고속 엘리베이터를 타고 500미터는 족히 올라가는 높이였다. 약간의 고소공포증이 있는 나는 엘리베이터에서도 차마 저 멀리 탁 트인 전망을 쳐다볼 용기가 나지 않았다. 8층에 도착하면 밀러드 타워에 대한 간단한 설명을 한 번 듣고, 전망대로 나가서 자유롭게 테헤란의 전망을 즐길 수 있다.

타워 주변에는 안전을 위해 철조망을 둘러쳐 놓았는데, 이로 인해 전망이 막혀 있는 편이라 조금은 아쉬웠다. 아쉬움을 달래기 위해 망원경으로 이쪽저쪽 테헤란의 경치를 살펴보는데, 테헤란이 정말 큰 도시란 걸 새삼스레 깨닫게 되었다. 또한 생각보다 잘 닦여 있는 고속도로를 보고 있으면 이란 어디든 훌쩍 떠나고 싶어지기도 했다.

밀러드 타워 전망대에는 쏠쏠한 재미가 또 한 가지 있다. 타워의 둘레에 표시된 동네 이름이나 지명의 방향을 망원경으로 바라보며 개인적으로 익숙한 곳을 찾아 볼 수도 있다. 나랑 같이 있던 이란 친구도 자기 여자친구의 집을 찾거나, 아버지 회사의 위치도 찾아 내게 설명해 주었다. 꽤 더운 날씨였지만 다행히 바람이 솔솔 불어와 기분이 좋았다.

그리고 그토록 보고 싶었던 테헤란의 경치를 감상하니 그동안 테헤란에서의 추억들이 다시 한 번 다가오며, 문득 '내가 언제 다시 여기에 와볼 수 있을까'라는 생각이 들었다. 그러자 모든 것이 새롭게 느껴졌다. 그때 내 옆에서 가이드해 주었던 아쉬컨, 테헤란의 무더운 날씨, 그 높은 곳으로 솔솔 부는 바람 등 내가 그곳에서 느끼고 겪었던 모든 것들이 새로웠다.

### 그랜드 바자르

'바자' 혹은 '바자르'라는 단어는 우리에게 익숙하다. 기본적인 경제활동이 이루어지는 곳을 가리켜 바자르라고 하는데, 여러 국가에서 '시장'이라는 뜻으로 다양하게 통용된다. 한국에서 흔히 사용하는 '바자회'라는 단어도 여기에서 유래되었다.

그랜드 바자르는 테헤란의 바자르들 중에서도 규모가 가장 크다. 때문에 '그랜드'가 앞에 붙는다. 이란 사람들은 '버저레 테헤란' 혹은 '버저레 보조르그큰 시장' 등 다양한 애칭으로 부르기도 한다. 테헤란 남부에는 '그랜드 바자르Grand Bazaar'가 있다. 나는 테헤란 북부에 위치한 학교에 다녔던데다가 친구들도 모두 북부에 살았기 때문에 딱히 남부 쪽으로 갈 기회가 없었다. 테헤란을 위아래로 나누어 북부는 대체로 부촌이고 남부는 북부에 비해 생활수준이 상대적으로 낮은 편이다. 그래서일까, 전통시장의 형태를 띤 바자르는 남부에서 크게 발달해 그랜드 바자르를 이루고 있었다.

하지만 전부터 한 번쯤 꼭 가보고 싶었던 그랜드 바자르였지만 막상 가보면 그리 특별한 것을 찾을 수 없다. 살아있는 전통시장 분위기를 느끼기 위해 찾아간다면 크게 실망할지도 모른다. 그랜드 바자르는 그 자체로 소란과 혼란이다. 초입부터 여기저기 상인들과 구경꾼들 그리고 짐을 나르는 일꾼들로 인해 제대로 구경하기조차 힘들다. 특히 내가 방문한 날이 휴일12대 이맘의 탄생일 전날이라 말 그대로 미어터지는 줄 알았다. 그래서 소지품 간수부터 신경 써야 한다. 정말 이곳에선 눈 뜨고 코를 베어 가도 모를 것 같기 때문이다.

게다가 외국인에 대한 이란인들의 관심은 테헤란 남부가 더 높은 편이다. 북부에는 외국을 경험해 본 사람들도 많고, 대사관 직원들을 포함한 외국인에 대한 접촉빈도가 높은 편이지만 그렇지 않은 남부에서는 그 관심이 상상을 뛰어넘는다. 가끔은 신체를 터치하기도 하고 민망하리만큼 뚫어져라 쳐다봐 처음엔 꽤 불쾌하기도 했다. 하지만 이젠 제법 익숙해져서 쓸데없는 소리는 걸러 듣기도 하고 무시할 때도 있어 크게 불편하진 않았다.

찌는 무더위와 혼란한 바자르 내의 공기가 뒤섞여 답답했지만 그 어느 곳보다 열정적이고 생동감 있는 이란의 모습을 볼 수 있었다. 트럭에나 실을 법한 짐을 짊어지고 가는 늙은 짐꾼들을 보고 있자면 나도 모르게 숙연해지기도 했고, 그들이 지나갈 때마다 풍기는 진한 땀내는 나 자신의 나태함과 게으름을 돌아보게 해주었다.

어디를 가든 늘 내 맘을 사로잡는 것은 어린이와 여자다. 바자르에서도 아이들과 여자들에 내 마음을 사로잡혔다. 특히 가장 기억에 남는 건 한쪽에서 견과류를 팔고 있던 꼬마아이다. 중년여성과 흥정도 하며 야무지게 제몫을 해낸다. 역시 페르시아 상인의 피를 물려받아 장사꾼 기질이 보통이 아니다. 구경만 하던 여성들도 지갑을 열어 견과류를 가득 사간다. 이란에는 이처럼 어린아이들이 삶의 현장에 일찍 뛰어든 모습을 종종 목격할 수 있다. 그 모습을 보고 있자면 마음이 아프면서도 한편으로 대견하기도 했다. 대부분 아프가니스탄에서 넘어온 아이들인데, 이들의 강한 생명력에 비쳐 볼 때 언젠가는 이란의 버팀목, 이란 발전의 밑거름이 될 것을 의심하지 않는다.

그랜드 바자르를 한 번 둘러보고 나오는 길에는 이슬람 사원 하나를 볼 수 있다. 대부분의 이슬람 사원들은 문턱이 높지 않다. 문지방이 없는 것이 특징인데 평등을 상징하는 이슬람에서 누구든 쉽게 사원을 방문할 수 있도록 한 것이다. 테헤란에서는 어디든 사원을 쉽게 찾을 수 있어 아이들이 뛰어놀기도 하고 사람들이 낮잠을 자며 쉬어가기도 한다. 무엇보다 이렇게 소란스러운 시장과 바로 연결되어 있는 이슬람 사원의 모습이 독특했다. 뭐랄까, 이들의 삶 깊숙한 곳에 종교와 생활이 뒤섞여 한곳에 자리 잡았다고 생각했다. 이처럼 이란인들의 생활과 맞닿아 있어 그들과 가장 밀접한 현장을 경험해 보는 것도 추천하고 싶다.

사실 이곳들 외에도 테헤란에는 가볼 만한 곳들이 매우 많다. 물론 내가 가보지 못한 곳도 정말 많다. 하지만 어떤 곳이든 그 공간에서만 느낄 수 있는 특유의 감성이 잔존한다고 생각한다. 그렇기 때문에 그때그때 발 닿을 때마다 내가 느꼈던 기분을 많은 사람들에게 소개하고 싶었다. 그리고 그 마음이 이 책을 마무리할 수 있는 마지막 퍼즐 한 조각인 듯싶다.

이렇게라도 세계 어느 도시에 뒤처지지 않을 정도의 무한 매력을 지닌 테헤란의 진짜 모습을 더 많은 이들이 알았으면 좋겠다. 앞으로 우리나라 사람들이 직접 테헤란을 겪어 볼 수 있는 기회가 많아져 테헤란의 '진짜 보물'들을 발견하고 이전과는 다른 시선으로 이란이라는 나라를 바라봤으면 좋겠다.

테헤란은 무작정 떠나도 좋을 만큼, 우리의 생각보다 훨씬 더 가까이에 있다. 단지 그 숨겨진 매력들이 직접 보고 듣고 겪지 않으면 절대 알 수 없고, 설명하지 못할 매력이기 때문에 다소의 선입견을 갖게 해줬을 뿐이다. 처도르를 벗은 이란 여성들처럼 조금씩 우리 눈에도 진짜 이란이 보이길 바란다.

السلام عليك يا ابا صالح

코더 허페즈!

# 테헤란

## 다시 스산한 겨울바람이 분다

뒤늦게 불어오는 진득한 여름바람이 기승을 부려 이마에 송골송골 땀을 맺게 하던 9월, 나는 처음 그곳에 갔다. 여름과 가을 사이, 딱 그 즈음 테헤란에 도착했다. 아직도 생생한 그날의 바람, 냄새, 습도가 여전히 그립다. 그런데 이상하게 테헤란의 이런 초가을 날씨보다 시리게 춥고 폭설이 잦았던 테헤란의 겨울이 유독 더 기억에 남는다.

테헤란에서의 처음 몇 달간은 낯선 곳이 주는 설렘과 새로운 적응을 위한 분주함으로 시간이 빠르게 흘렀다. 어느새 그 시간들이 지나고 녹음이 무성하던 나무들은 이미 잎사귀를 떨어뜨려 헐벗어 있었다. 하늘에선 겨울을 알리는 눈발이 끝날 줄 모르고 흩날리고 있었다. 정신을 차려 보니 테헤란은 벌써 겨울이었다. 그래, '겨울'이라는 단어가 참 잘 어울렸던 계절이었다.

그래서일까, 유난히 테헤란에서의 권태롭고 지루했던 겨울밤이 떠오르는 것은. 겨울은 모든 것을 얼어붙게 하지만, 한편으로 모든 생명을 품어 안고 있는 '생명의 계절'이기도 하다. 그곳에서 겨울을 보낸 나도 한층 더 푸른 생명력을 가지게 되었으니…….

사실 난 혼자 하는 생활에 익숙했다. 허나 그곳에서 혼자 맞이해야 했던 시간은 두렵기도, 무섭기도 했다. 그리고 나로 하여금 사소한 일 하나까지도 더욱 고뇌하게 했다. 그런 쓸쓸한 시간들이 테헤란의 겨울과 퍽 잘 어울렸을까.

지금 생각하면 피식 웃음이 날 법한 별 것 아닌 고민들로 밤을 지새우고, 답답할 때면 창문을 열어 차가운 겨울바람을 맞던 그때가 이렇게 그리워질 줄이야. 겨울바람이 불어오니 또 다시 그곳에 가고 싶어지는 이유가 무엇인지 이제 또렷하게 알 것 같다.

아직도 가끔 '내가 테헤란이라는 곳에 정말 있었을까'라는 의문이 든다. 그만큼 한국에서는 경험하지 못할 수많은 추억들과 함께 현실의 나로 돌아온 것이다. 이렇게라도 테헤란에서의 기억들을 하나씩 떠올려 이야기를 담음으로써 나는 테헤란과 조금 더 늦게 그리고 천천히 작별할 수 있었다. 나만의 행복한 이별 방법이었던 셈이다.

노트 곳곳에 끼적였던 흔적들, 노트북에 저장했던 문장들, 늘 갖고 다니던 책 뒤의 낙서들조차 지나고 보니 내겐 큰 의미가 되었다. 이렇게 모아놓은 글들을 엮어 테헤란과 의미 있는 이별을 맞이할 수 있었던 나는 행운아였다. 이별에 앞서 내 옆에 묶어 두었던 테헤란에서의 향수들을 이제는 조금씩 날려 보내고 나는 좀 더 앞의 인생을 향해 나아갈 수 있게 되었다. 짧다면 짧고 길다면 길었던 1년치의 기억을 꺼내어 놓는 동안 나는 행복했다. 가끔씩 몰래 꺼내어 볼 수 있는 나만의 '추억 상자' 하나가 생긴 기분이랄까.

사실 한국에서 테헤란은 너무 멀다. 직항 비행기도 없다. 비자도 필요하고 가는 데만 열 시간은 족히 걸린다. 그래서일까. 역설적이게도 그렇게 아득히 먼 테헤란은 내 마음의 고향처럼 더욱 매력적이다. 아마 지척에 있는 곳이었다면, 마음먹을 때마다 쉽게 들러 볼 수 있었다면 이렇게까지 그리운 곳이라 생각하지는 못했을 것이다.

한 가지 아쉬운 것은 이 한 권의 책에 나의 모든 생각과 기분, 그리고 미처 말하지 못한 이야기들 전부를 담지 못했다는 것이다. 사실, 나 혼자만 알고 싶어 아껴 두고 싶은 것들이 더욱 많다. 그런 감정들은 나 혼자 오래오래 묻어 두고 가끔씩 끄집어내어 보고픈 마음이 더 커서이기도 하다.

지금 이 순간 많은 생각들이 스친다. '내 친구들은 모두 안녕할까?', '내가 자주 찾던 가게들은 지금도 그대로일까?', '선생님들은 모두 편안하실까?'하는 소소한 안부들이 대부분이다. 물론 한 가지, 한 가지 전부 생각해 내면 아쉽지 않은 것이 없다. 그럴 때마다 후회가 밀려온다. 그들과 더 많은 것을 함께하고 더 잘해줄 걸……. 비단 사람뿐만이 아니다. '내가 조금만 더 부지런했다면, 더 많은 것들을 보고 느낄 수 있었을 텐데'하는 진한 아쉬움이 남는다.

그런데, 이 '조금만'에서 오는 아쉬움이 썩 싫지만은 않다. 그 아쉬움이 어떻게든 한 번쯤은 나를 그곳으로 인도할 것임을 알기 때문이다. 그래서 나는 그냥 지금의 나대로 게으르고 후회하는 사람이고 싶다. 너무 부지런을 떨어 열심히 돌아다니고 여러 사람들과 많은 이야기를 나누어서 그곳에 후회와 미련을 두고 오지 않는 것은 나답지가 않다. 그런 아쉬움을 잔뜩 안고 다시 한 번 테헤란에 가고 싶다. 물론 다시 그곳에 간다 해도 나는 분명 또 한 번의 후회와 미련을 남기고 올 것이다.

나는 그리 대단한 '이란' 전문가가 아니다. 나보다 이란에 대해 잘 아는 선배님, 후배님들이 훨씬 많고 그곳에서 오랫동안 주재원 생활을 하신 분들과 그 가족분들이야말로 '전문가'일 것이다. 때문에 상대적으로 나는 부족함이 많고 아쉬움도 많은 풋내기와 다름없다. 그렇지만 난 나름대로의 기준으로 이란이라는 나라에 대해 순수하고 때 묻지 않게 쓰려고 노력했다. 비록 아쉬운 부분이 많이 있지만 진솔하게 썼다는 자부심으로 그 아쉬움 또한 이 책의 한 부분에 덧대어 그대로의 의미가 되었으면 좋겠다.

원고를 써 내려가다 보니 모든 것이 아쉬움투성이였다. 하지만 그래서 더 좋다. 오히려 나의 좌충우돌했던 테헤란생활이 실수투성이였던 나를 가장 잘 표현하고 있었기 때문이다. 누구나 생각하는 그런 화려하거나 스릴 있는 여행은 아니었지만, 긴 여행 끝에 돌아온 듯한 미묘하고 벅찬 기분이 든다. 그리고 그 여정 동안 다양한 사람들을 만나 겪은 낯선 경험과 이런저런 방황을 토대로 묵직한 추억들을 만들었다. 이 모든 것은 내 인생의 한 부분을 당당히 차지하고 지친 나를 치유해줬던 '나만의 여행'이었다.

잘 있을까? 테헤란.

테헤란이 엄마품처럼 따뜻했던 그때의 포근함을 오래오래 간직한 채 그대로 거기에 있어 주길 바란다. 다시 갈 때까지 변하지 않길 바라는 건 욕심일 것이다. 변하더라도 아주 조금만 변하길. 내 기억의 사진 한 장처럼 그대로 있어 주길.

테헤란에서의 마지막 날, 긴장이 풀어졌던 것일까. 마지막 날이라 하니
괜히 집으로 돌아간다는 기쁨과 복잡 미묘한 아쉬움이 뒤섞여 탈이 났다.
트렁크 하나만 달랑 들고 다시 이란으로 돌아온 지 한 달이 넘으면서 나도
모르게 한국의 음식과 친구들, 아늑한 우리 집이 그리웠나 보다.
그런데 아쉽다. 왠지 지금 테헤란을 떠나면 언제 다시 올지 모른다는 느낌이
내 마음 한구석에서 넘실댄다. 그래서인지 보는 것마다 들리는 것마다
느끼는 것마다 저마다 더 큰 의미로 다가온다. 모두 담아가고 싶고
절대 잊고 싶지 않았다. 내 기억력이 바래지 않길 바라면서 내 눈에
내 마음에 테헤란의 풍경들을 가득 담는 연습을 했다.
이란에서 지내는 동안 나는 한 뼘 자랐다고 자부했다.
혼자 지내는 시간이 많았기에 그 어떤 시간보다 생각할 시간을 많이
가진 것이 사실이었다. 그리고 이 이질적인 환경에 뚝 떨어지고부터 내가
우물 안 개구리였다는 사실을 깨달았다. 타인과 그들의 마음을 포용하고
배려하는 그릇이 커졌다고 생각했다. 이런 테헤란에 다시 올 수 있을까.
마지막 날 밤 잠이 오지 않는다.
안녕! 테헤란.

**Thanks to...**

한 권의 책을 쓰게 되기까지 도움을 주신 분들이 정말 많다. 그중 가장 고마움을 전하고 싶은 분은, 부족한 나를 항상 눈여겨보시면서 '내 이야기'를 더 많은 사람들에게 들려주면 어떻겠냐고 선뜻 제안해 주신 정지훈 선배님이다. 선배님의 따뜻한 제안이 없었다면, 이 책은 세상에 나오지 못했을 것이다. 또한 이란에서 함께 울고 웃고 고생했던 서욱, 예진, 석호, 진주와 '이란'이라는 나라를 내 가슴에 남겨주신 김영연 교수님께도 고마움을 전하고 싶다. 마지막으로 이란에서 만난 나의 소중한 친구들과 사랑하는 나의 가족들 그리고 언제나 내 옆에서 힘이 되어 준 채동훈에게도 내 마음 깊은 곳의 감사와 사랑을 전하고 싶다.

2013년 4월 정제희